中华

ZHONGHUA

魂

ZHONGHUA HUN

百部爱国故事丛书

警世鐘

三吳遺孤漢殘收埴

睡乡敢遣警世钟

——用生命警策国人的陈天华

李桂英　编著

吉林人民出版社

图书在版编目（CIP）数据

睡乡敢遣警世钟：用生命警策国人的陈天华 / 李桂
英编著 . -- 长春：吉林人民出版社，2011.3（2021.8 重印）
（中华魂·百部爱国故事丛书）
ISBN 978-7-206-07489-9

Ⅰ. ①睡… Ⅱ. ①李… Ⅲ. ①故事—中国—当代
Ⅳ. ① I247.8

中国版本图书馆 CIP 数据核字 (2011) 第 031961 号

睡乡敢遣警世钟
——用生命警策国人的陈天华

SHUIXIANG GANQIAN JINGSHIZHONG
　　——YONG SHENGMING JINGCE GUOREN DE CHENTIANHUA

编　　著:李桂英
责任编辑:王一莉　　　　封面设计:孙浩瀚
制　　作:吉林人民出版社图文设计印务中心
吉林人民出版社出版 发行 (长春市人民大街7548号　邮政编码:130022)
印　刷:北京一鑫印务有限责任公司
开　本:787mm×1092mm　　1/16
印　张:8　　　　字　数:64千字
标准书号:ISBN 978-7-206-07489-9
版　次:2011年3月第1版　　印　次:2021年8月第2次印刷
定　价:35.00元

如发现印装质量问题,影响阅读,请与出版社联系调换。

总　序

　　《中华魂》是一套故事丛书。它汇集了我国自鸦片战争以来一百八十余年间的近百位民族英雄、仁人志士、革命领袖、先进模范人物的生动感人事迹,表现了他们作为中华儿女的伟大的爱国主义精神。

　　爱国主义是人们对于"生于斯、长于斯、衣食于斯"的祖国的一种神圣感情,是人们对于自己民族的一种强烈的责任感和使命感,是感召和激励整个中华民族的一面永不褪色的旗帜。在一百多年的中国近现代史上,爱国主义一直激励着中华儿女为祖国的独立、统一、进步和繁荣而英勇奋斗。从"苟利国家生死以,岂因祸福避趋之"的林则徐,到"我自横刀向天笑,去留肝胆两昆仑"的谭嗣同;从"铁肩担道义,妙手著文章"的李大钊,到"青春换得江山壮,碧血染将天地红"的赵一曼;从"县委书记的好榜样"的焦裕禄,到"问鼎长天,扬我国威"的邓稼先……都表现出了强烈的爱国主义精神。正是由于热爱祖国的人们前仆后继地奋斗,国家和民族才得以生存,才能够在一次次历史危急关头转危为安,走向兴盛和富强,从而屹立于世界民族之林。爱国主义是鼓舞中华儿女历经忧患、跨越沧桑、百折不挠、自强不息的伟大力量,它贯穿于中华民族的整个历史,并有力地凝聚着五洲四海的中国人。

爱国主义是一个历史的范畴,在社会发展的不同阶段、不同时期有不同的具体内容。革命时期,需要我们为祖国的独立自主出生入死;建设时期,需要我们为祖国的繁荣富强增砖添瓦。在全国各族人民团结一心,开启全面建设社会主义现代化国家新征程的今天,我们要争做一名新时期的爱国者。新时期的爱国者要有强烈的民族自尊心、自豪感。民族自尊心、自豪感是任何时期、任何爱国者都必须具备的情感。民族自尊心能增强我们自立向上的恒心,民族自豪感能树立我们建设祖国的信心。要树立"祖国高于一切"的崇高信念,为了祖国和人民的利益不惜抛却个人的利益,甚至不惜牺牲个人的生命。我们要树立终身学习的理念,拓宽自己的知识面,广泛吸收新知识、新技术,完善自身的知识结构,更新学习知识的方法与理念,从思想上、知识上充分武装自己,为祖国的繁荣昌盛贡献力量。

爱国主义思想的继承和发扬,是关系到民族盛衰、国家兴亡的根本问题。爱国主义思想情操的形成,需要不断地培养。培养爱国主义精神的一个重要途径是向英雄人物和典范事迹学习和致敬。这套丛书的出版,对于青少年向英雄和先进人物学习,特别是对于在中小学生中进行爱国主义教育是不可多得的生动的教材。祝愿此书出版发行成功,为培养时代新人做出贡献。

胡维革

中华魂

百部爱国故事丛书

编 委 会

长梦千年何日醒，

睡乡谁遣警钟鸣？

——陈天华

目　录

中华**魂**百部爱国故事丛书
ZHONGHUA HUN

莫谓草庐无俊杰

1896年一个夏天的夜晚，夜已经很深了，四周一片寂静，忙碌了一天的人们都进入了梦乡。只有一家客栈的屋里依然还亮着微弱的灯光。一位长着一双炯

陈天华像

炯炯有神的大眼睛、年龄二十多岁的男青年仍在伏案全神贯注地读一本厚厚的书。忽然，这位青年人起身离座，手里拿着墨笔从墨盘里蘸了几下墨，急步走到墙边，在墙上齐刷刷写下几个大字："莫谓草庐无俊杰，须知山泽起英雄。"是谁以"俊杰""英雄"这样的称号来称呼自己？他不是别人，正是未来民主革命的宣传家——陈天华。

湖南省新化县城西北有一个美丽的小村子，说它美，是因为小村子四周有许多山，一条小溪从村前潺潺流过，这个村子就是下乐村。在村子东头，有四间瓦房，陈善的家就住在这里。1875年的一天，陈善家里张灯结彩，喜气洋洋，出出进进的人很多，客人们纷纷向陈善夫妇道喜："恭喜陈老兄，喜得贵子。"这个刚满月的孩子就是陈天华。陈善夫妇也乐得合不拢嘴，因为这对夫妇生过两个孩子都很不如意。老大是个终身残疾，老二又不幸早年夭折，这个刚满月的孩子又是个男孩，可以为陈家传递香火。因而，这个小生命的降临无疑给陈家带来了喜悦和希望。但是，小天华两岁的时候，母亲因病离开了他，他从小就失去了母爱。母亲去世后，父亲怀着亡妻之痛承担了母亲的责任，无微不至地照顾他。身为落第秀才的父亲，在小山村当私塾先生，以教授小孩读书识字为业。

有一天，父亲听小天华背诵一首古诗："锄禾日当午，汗滴禾下土。谁知盘中餐，粒粒皆辛苦。"父亲觉得十分惊奇，赶紧去问他："好孩子，这首古诗是谁教你的？"小天华眨动着大眼睛，指着爸爸说："是爸爸教的。"他爸爸一想，我从来没教过他，莫非是在我教其他孩子诵读古诗时他听来的？这件事引起了父亲的

陈天华等革命烈士像

注意，父亲认为他是一个天资聪颖的孩子。因而，父亲对这个聪明过人的孩子寄以深切的厚望，希望儿子有朝一日能敲开他未能敲开的仕途之门，戴花翎，穿蟒袍，做一个大清国的官员。在小天华五岁的时候，父亲就开始教他读书识字。陈天华就跟这样随父亲认识了许多字。

陈天华成长的道路并不是洒满阳光的。陈天华家里经济条件很拮据，日子过得紧巴巴的，当他长到十岁时，本应该是入私塾读书的年岁，却因家境贫寒不得不帮助父亲分担生活的重担而不能进入私塾读书。小天华这个穷苦人家的孩子，过早地品尝了生活的艰辛。他当过放牛娃，给村里有钱的人家放过牛；他也

清末士兵

当过小贩，提着小篮沿街叫卖；他也捡过破烂来帮助父亲挣点钱维持这个家庭。艰苦的生活并没有使陈天华放弃对读书的渴望，酷爱读书的陈天华，一有空闲时间就埋头读书。

有一天，陈天华照例又把牛赶到荒地里，让牛吃草。他拿出一本书聚精会神地看起来，书中讲的是岳飞精忠报国的故事，令他着迷。这时，牛主人牵着牛，嘴里骂骂咧咧地冲着陈天华大叫："你这小兔崽子，牛都跑到地里吃人家的稻苗，你都不知道，你是干什么吃的！"说完把他大骂了一顿。

陈天华读书兴趣很广泛，他不仅喜爱读历史书籍，也特别喜欢看弹词、小说。陈天华的家乡是一个偏僻的小山乡，文化生活比较落后，得到一些书来读是一件十分不容易的事情。陈天华偶然得到一些书籍如《水浒传》《西游记》《三国演义》《封神榜》《二度梅》《粉妆楼》等弹词、小说的零散篇章，总是爱不释手，好像得到一件宝贝一样，恨不得不吃饭不睡觉也要把书看完。陈天华读书读得很细致，他在仔细阅读过后，还经常模仿这类文艺体裁，写出一些情节生动、文字

陈天华宣传革命蜡像

流畅的通俗小说与民歌小调。他把自己的成果拿给乡里人看，乡里人看完这个乳臭未干的孩子写的作品过后，都禁不住跷起大拇指，夸赞他是个"神童"，将来必定有大的出息。

少年时代的陈天华对贫苦生活的体验，对历史、文艺作品的爱好，为他后来在鼓吹革命时期撰写出感情丰富、文体通俗的著述和文章提供了坚实的基础。

1896年，陈天华的父亲离开乡村来新化县城谋生，住在资江书院里。21岁的陈天华也随父来到县城。由于生活所迫，他未能入书院读书，仍靠做小贩维持生活。来到新化县城，陈天华的视野比在小山村时开阔得多。有一天傍晚，太阳渐渐地落山了，陈天华在资江书院的凉亭里看书。忽然一阵呜咽声引起了他的注意，他循声看去，见石桌旁几名书院的学生正在借酒浇愁。一位身着长衫，背后梳着一条长辫子的学生边哭边说："中国真要亡国灭种了！沙俄盘踞在长城以北，英国控制了长江中下游，法国据有两广和云南，德国要称霸山东，日本占据福建，中国真的快要被列强瓜分了！"

陈天华听到这里怦然心动，禁不住问出声来："这可怎么办呢？我们也不能干等着挨打啊！"

几位学生都是一惊，见陈天华一脸关切的样子，虽然穿着破旧却喜爱读书，很快对他产生好感。那穿长衫的学生拉他坐在身边并对他说："办法是有的，现在康有为等人正在领导维新变法，如果中国也能向别国那样学习，方见成效，我们就有希望了。只是变法

甲午战争时期被日军占领的炮台

陈天华画像

的阻力太大了，唉!"

　　陈天华似懂非懂，但他已经明白这几个学生正在为国家担忧，他抬起头充满感激地看着他们："像我这样的人也能为救国出力吗?"

　　"能! 如果我们国家的百姓都能像你一样关心国家，我们的国家就更有希望了!"穿长衫的学生紧紧地握住了他的手。

　　从这以后，陈天华开始留心报纸，留心维新运动的发展状况，一种"天下兴亡，匹夫有责"的使命感越

睡乡敢遣警世钟
——用生命警策国人的陈天华

来越强烈地埋在了他的心里。也正是在这一思想的驱使下，他写下了"莫谓草庐无俊杰，须知山泽起英雄"的诗句。

　　陈天华跟随父亲住在资江书院，对他个人成长是个有利的时机。求知欲很强的陈天华没放弃这个便利条件，他有闲暇时间就到课堂去旁听。有一天夜晚，资江书院院长邹苏柏在给学生批阅论述古今治乱兴亡的作文时，意外地发现一篇洋洋洒洒、长达数千言的文章。"这篇文章写得真棒！"老先生一边看文章，一边

甲午战争期间被炸沉的军舰

甲午战争照片

情不自禁的发出赞美声。阅读完后，他迅速拿起笔在
这篇文章的末尾写下了这样的评语："议论精当，材料
丰富，不同凡响。"老先生心里十分高兴，他自言自语
地说："这篇文章是谁写的呢？"他往前翻了几页，试
图想寻找一下答案。遗憾的是，这篇文章未写上作者
的姓名。老先生感到十分奇怪。第二天一大早，他就
来到课堂。课堂里传来了琅琅的读书声。老先生一走
进课堂，同学们都站起身来，向院长问候。老先生拿
着作文，指着这篇文章问："这篇文章是谁写的？"课
堂里的同学都连连摇头，纷纷都说不是他们写的。这
时，坐在屋角的陈天华，红着脸，站起身说："先生，
这篇文章是我写的。"老先生上下打量着陈天华，见这

个年青人尽管穿着打扮十分平常，但两只眼睛却炯炯有神，眉宇间流露出刚毅。老先生惊奇地问："这位后生，你是谁，我怎么不认识你？"陈天华回答说："先生有所不知，我不是本院的正式学生，我是小贩，靠卖东西为生，偶尔有空闲时间来听先生讲课。"课下，邹苏柏又和陈天华长谈一番，陈天华的才学和怀有爱国之志令老先生佩服。邹苏柏几天内心里一直琢磨，国家正值多难之秋，多么需要有才学、有抱负的青年人报效国家呀。陈天华是个不可多得的人才，像他这样学业根底比较好的人如果能入资江书院学习的话，学业一定会大有长进。于是，这位惜才如玉的老先生为陈天华的成长创造了便利条件。他打破惯例，允许陈天华这个课外生阅读书院的藏书。书院的藏书十分丰富，其中有一套二十四史，是陈天华最喜欢读的。

甲午战争照片

他有空就去读这套史学巨著，企图探究历史上兴衰治乱的原因，以寻求救国救民的良药。邹苏柏看在眼里喜在心上，如果能让他成为一名正式生就好了，可是谁能为他出钱呢？这一天，邹苏柏去陈府拜访大富商陈御丞，双方寒暄过后，邹苏柏说："陈老兄，近日来我发现你们族里多了个奇才，这位小伙子很有才学，是棵好苗子，希望你老兄栽培栽培，日后他若出了名，您老兄脸上也有光彩。"陈御丞赶忙问道："我怎么资助他呢？"邹苏柏满脸赔笑地说："你每月只需供给他三斗米，一串钱，他就可以不必为吃饭穿衣而奔忙，就可以安心在书院里学习。"陈御丞心里反复掂量：出这么一点钱可以培养一个青年人成材，倘若日后他有了成就，谁不说我是个善识人才的伯乐；何况，出这么点钱算不了什么，等于从九头牛身上拔一根毫毛一样。于是，陈御丞爽快地答应了这件事。这样，陈天华生活有了保障，可以一心一意在书院读书了。

陈天华读起书来十分勤奋刻苦。他参加学堂或省城的考试，经常是名列前茅，在湖南学界很有名气。

陈 天 华

陈天华（1875—1905年），原名显宿，汉族，字星台，亦字过庭，别号思黄，湖南新化人。革命家，清末资产阶级革命派出色的宣传家。1895年，他随父迁居县城，以提篮叫卖为生。后经人帮助，进入资江书院读书。1898年，陈天华考入新化求实学堂，深受维新思想影响，倡办不缠足会，成为变法运动的拥护者。1900年春，陈天华考入省城岳麓书院，成绩名列前茅。1903年，陈天华以官费生的身份被送到日本留学，在弘文学院师范科学习。不久，拒俄事件发生，他积极投入这个爱国运动，加入了拒俄义勇队、军国民教育会，后回国准备策动武装起义。

陈天华写了《警世钟》《猛回头》两部浅近通俗的宣传作品。这两部书以强烈的爱国精神和革命勇气，揭露帝国主义列强瓜分中国的事实，指出清朝政府已成为"洋人的朝廷"，号召全国各阶层民众团结起来，在社会上产生强烈反响。随后，他在湖南长沙参与发起秘密革命团体华兴会，并在江西策动军队起义。1904年春，他再次到日本，入法政大学学习。1904年8月，他冒险回国，准备参加华兴会发动的长沙起义。因事情泄露而失败，他不得不再次踏上别国的国土。1905年6月，他与宋教仁等创办《二十世纪之支那》杂志。1905年7月，孙中山抵达日本，主张联合各革命团体，组织中国同盟会，陈天华积极赞成。1905年8月，中国同盟会成立，陈天华任秘书，并被推举为会章起草人之一。《二十世纪之支那》改为同盟会的机关报《民报》后，他在《民报》上先后发表了不少文章和政治小说。同年11月，日本文部省颁布歧视并限制中国留学生的《清国留学生取缔规则》，留日学生发动了抵制这个规则的强大运动。为了激励人心，陈天华在12月7日留下《绝命书》万余字，次日投海自杀。陈天华的死，在当时引起了很大的轰动。1906年的春，

拓展阅读
TUOZHAN
YUEDU

当陈天华的灵柩被运回上海时，爱国人士为他和另一位投黄浦江自尽的同盟会员姚宏业举行了一次公葬的会议，会上宣读了姚宏业的遗书和陈天华的绝命辞，大家痛哭流涕，会议决定将陈天华和姚宏业灵柩一起送回家乡湖南，举行公葬。

陈天华是出色的资产阶级革命宣传家，在辛亥革命时期他起到了重要的宣传作用，并对革命的迅速到来起了推动的作用，在中国即将亡国之时，陈天华毅然站起来，为国之生存而振臂高呼，并付诸行动。陈天华对中国人民思想的解放，尤其是革命思想的传入做出了不可磨灭的贡献，他在中国近代的地位是不可替代的。

戊戌变法

戊戌变法又名百日维新、戊戌维新、维新变法，是清朝光绪二十四年间（1898年6月11日—9月21日）的一项政治改革运动。1894年甲午战争爆发，中国战败。1898年，光绪皇帝启用康有为、梁启超等进行"戊戌变法"，但变法危及封建守旧势力的利益，受到以慈禧太后为首的保守派的反对。光绪皇帝打算依靠袁世凯囚禁慈禧太后，但被袁世凯出卖，从此被慈禧太后幽禁在瀛台。整个维新不过历时103天，故称"百日维新"。

这次变法主张由光绪皇帝亲自领导，以康有为、梁启超为领袖人物，进行政治体制的变革，希望中国走上君主立宪的现代化道路。在此期间，光绪皇帝根据康有为等人的建议，颁布了一系列变法诏书和谕令。主要内容有：经济上，设立农工商局、路矿总局，提倡开办实业；修筑铁路，开采矿藏；组织商会；改革财

拓展阅读
TUOZHAN
YUEDU

政。政治上，广开言路，允许士民上书言事；裁汰绿营，编练新军。文化上，废八股，兴西学；创办京师大学堂；设译书局，派留学生；奖励科学著作和发明。这些革新政令，目的在于学习西方文化、科学技术和经营管理制度，发展资本主义，建立君主立宪政体，使国家富强。但因支持新政的光绪皇帝推行速度过快，变法被相对保守势力反对，最后演变成为政变，维新派人物被杀，慈禧太后因此获得实权。

由于变法的失败，中国失去了一批倾向在原有体制内下实行改革的精英和支持者，代之而起的是主张激烈变革，推翻原有制度和政府的革命者，最后使清朝覆亡，中国两千年的帝制亦画上句号。

从小立志救国难

陈天华从小失去母亲，与父亲相依为命。由于家里穷，没钱上学，只好去给别人放牛，由当过秀才的父亲教他认字读书。十五岁那年，陈天华才得到进私塾读书的机会。

别看整天要为一日三餐去奔波，可陈天华始终也没放下书，他把能借到的书差不多都读遍了，还是读不够。他特别喜爱民间流行的弹词小说，有时还模仿着写些山歌小调，这为他后来能够用最通俗的语言进行革命宣传，打下了基础。

由于生活在社会下层，陈天华经历和看到了劳动人民的苦难，从青年时代起，就立下了报民报国的远

谭嗣同（右）与光绪皇帝（中）合影

大志向。

1898 年，陈天华在资江书院读书的时候，正赶上维新派领袖之一的谭嗣同回长沙主持"新政"，全省的风气一下子全变了。在陈天华的家乡新化，有人仿效省城梁启超任教的时务学堂，办起了新式学堂，陈天华马上考入了这个学堂读书。

第一次作文，教师出的题目是《述志》，让学生们谈自己的志向。陈天华接过题目，不假思索，提笔就写：

"男子汉在最困难的环境中立功，在战场上取胜，要像汉朝的班超、宋朝的岳飞一样。当今立志，首先应为变法维新出谋献策，为改变国家面貌建功立业。如果这样进取不成，退一步也要著书立说，与那些老学究们一争高低。只要我活着，就要做这些事！"

作文写完，陈天华第一个交卷，走出了教室。教师看了陈天华的文章，非常欣赏。他评论陈天华的文章，立意新颖，文风犀利，读了让人有快刀斩乱麻的感受。教师大笔一挥，给陈天华的《述志》一文打了全校的最高分。

谭 嗣 同

谭嗣同（1865—1898年）汉族，字复生，号壮飞，湖南浏阳人，出身于封建官僚家庭。他的父亲谭继洵，任湖北巡抚，是一个大官僚。谭嗣同幼年时期，因家庭环境特殊，受了封建伦理道德的压抑，养成了他的反抗思想。他不守封建家庭的常规，四处游走，也接受了一些西方的新知识。他在浏阳设立了一学会，讲求新学，又设立了算学格致馆，介绍一些西方的科学知识。他听说康有为在北京办强学会，进行维新活动，就赶赴北京去见康有为。1896年，谭嗣同的父亲为他捐了一个知府的职位，叫他在南京候补。1898年在康有为的推荐下，光绪皇帝召谭嗣同进京，做一个军机处的章京。章京是军机处的下级人员，但康有为所安排的章京实际上等于他所拟订的制度局的成员，是皇帝的智囊团，小内阁。但仅过了几十天，变法就失败了，谭嗣同也被顽固派杀害了。

谭嗣同是中国近代资产阶级著名的政治家、思想家，维新志士。他主张中国要强盛，只有发展民族工商业、学习西方资产阶级的政治制度。他公开提出废科举、兴学校、开矿藏、修铁路、办工厂、改官制等变法的主张。写文章抨击清政府的卖国投降政策。1898年变法失败后被杀，年仅三十三岁，被后人称为"戊戌六君子"之一。他的主要著作是《仁学》，连同他的其他著作，后人编为《谭嗣同全集》。

谭嗣同
(1865—1898)

睡乡敢遣警世钟
——用生命警策国人的陈天华

拒婚求真理

　　戊戌变法失败后，维新志士的鲜血浇醒了一批青年知识分子，他们不得不思考：维新改良的道路走不通，那么中国应该往哪儿去呢？陈天华就是这批青年中的一个。当时，在他脑子里，对这个问题的答案很明确：要救国，只有学外国；欧美太远，只有去日本。这时候的清朝政府，已经成为帝国主义的"守土长官"，需要一批懂洋务的人，所以各省都选派留学生去日本。陈天华参加了考试，取得了"留学官费生"的

岳麓书院

资格。

在陈天华马上要离开祖国的时候，他感到时间非常宝贵。一套《二十四史》，他翻过了一遍不够，又从头读起。他担心到日本后，就没有时间系统地研究中国的历史了。

有一位地方官员，听说有一个叫陈天华的青年，整天埋头读书，还写得一手好文章，就特意来看他。原来，这位官员有一个爱女，已到了出嫁年龄，官员一心想把女儿许给一个有前途的才子。这天他见到陈天华，没谈上几句话，就相中了，便试探着问陈天华："你常年在省城读书，总不见有回乡的时候，就不想念你的娇妻爱子吗？"

"大人有所不知，我至今仍是孑然一身，哪来的娇妻爱子啊？"

"噢，原来如此，恕我冒昧！但不知你现年多大？"

"不瞒大人，我已是将近'而立'之年的人了。"

古人有"三十而立"的说法，指人到三十岁应当成家立业了，所以"而立"之年就成了三十岁的代名词。陈天华的实际年龄是二十八岁，按当时人"虚龄"的算法为二十九岁，确已接近三十岁了。在那个时代，三十未婚的男子是非常少见的。

官员吃了一惊，却打心里更喜欢陈天华了，就提出愿把自己的女儿嫁给他。没想到竟然被胸怀大志的陈天华拒绝了。陈天华回答说："承蒙大人厚爱，无奈当今世道不太平，我怎能用妻儿之情拖累自己呢？国家一天不安宁，我就不考虑结婚的事！何况我不久还要东渡日本。"

为了追求真理，陈天华毅然放弃了"成家"的考虑，把自己交给了救国事业。

投身拒俄运动

1903年3月陈天华以优异的成绩被选送到日本留学，进入东京弘文书院学习师范科。此时在日本的留学生已有几千人，他们无论是公费生还是自费生，一到日本就为日本蒸蒸日上的社会形势所感染。日本民主的政治气候、发达的经济状况、开放的思想意识和专制主义的满清王朝形成了鲜明的对比，一种改变中国贫困落后面貌的爱国主义热情在他们心中升腾，促使他们当中的大多数都投入了爱国救亡的浪潮。陈天华也不例外，他一边如饥似渴地阅读西方启蒙思想家的作品，一边参加留学生的各种活动。

那天，陈天华刚从图书馆出来，迎面碰上了匆匆走来的黄兴。黄兴也是湖南人，和陈天华的关系很密

黄兴像

睡乡敢遣警世钟
——用生命警策国人的陈天华

被八国联军焚烧后的圆明园

切，他们经常一起参加活动。

"黄大哥，你这么匆忙，干什么去？"

"哎呀，可找到你了，我正急着找你呢？"

"出了什么事？"陈天华急切地问。

"找个地方坐下再说。"黄兴和陈天华出了图书馆，在路西的一棵大树下坐定。

"你知道八国联军进北京时俄国人兵分两路吧？"

"知道。"陈天华点头，表示肯定。

"他们进北京的那一路和各国一起活动，烧杀淫掠，而另一路则占领了东北大片土地。《辛丑条约》签订后，他们答应两年内撤兵，现在时间已到。"黄兴说到这儿停了一下。

"怎么样？"陈天华焦急地问。

"国内传来消息，沙俄不准备撤兵，还提出无理要求。"

　　"他这是欺我们软弱，朝廷岂能认可！"

　　黄兴叹了口气："唉！朝廷已被他们打怕了，少不了还得让步。"

　　"那怎么行！"陈天华急了，两道眉毛也竖了起来。

　　"所以我想发动留学生掀起一场拒俄运动，既促动朝廷，又威胁俄国，你看如何？"黄兴说着把目光转向了陈天华。

八国联军侵华

睡乡敢遣警世钟
——用生命警策国人的陈天华

1901年8月，八国联军侵入北京，慈禧太后携光绪皇帝逃往西安。后来由李鸿章出面求和，在9月与11国签订了空前屈辱的《辛丑条约》。

陈天华毫不犹豫，立刻表示赞同："我们这就分头去活动。"

1903年4月29日，在樱花辉映的锦辉馆，拒俄集会如期举行。到会的有几百人，大都是身穿制服的中国留日学生，他们一个个面带激愤，三五成群地议论着，有人慷慨激昂，挥舞着拳头，有人则眼含泪水，一脸悲愤。陈天华觉得时机已到，和黄兴商量了几句，

率先走上了讲台：

"同胞们，大家已经知道了东三省面临着存亡的危机！我们都是中华子孙能看着祖国领土被霸占而袖手不管吗？"

"不能！"

"不能！"台下的学生高呼起来。

"对，我们不能不管。今天发起这个大会就是要成立一支拒俄义勇军，开赴东北战场与沙皇俄国作战，有志愿者，请报名。"

陈天华说完径直走到义勇队名册前，在"敢死簿"一栏里添上了自己的名字。

同是文弱学生，都在青春之年，陈天华能做到的，

他人为什么不能。在陈天华的带动下，人群里不断有人走上台来报名。

这时，一位身材瘦小，戴着眼镜的女同学也走上台来，她环视台下，没等讲话先已流下泪来。

"我是个女儿身，不能扛枪打仗，但眼见着祖国的大好河山遭人践踏，我们有什么脸面在异乡享受平静的生活！我也报名，我愿意随军担任看护，以尽自己微薄之力。"

说完，她含泪转过身去，在名册上签上了自己的名字。

这个女学生的举动震动了在场所有的人。名册簿前排起了队，出席大会的大部分人都签了名，拒俄义

很多爱国青年都投入到了当时的拒俄运动中

勇军成立了。

他们放下书，丢下笔，起早贪黑地进行训练，就等着一声令下开赴东北战场。

这天，陈天华与黄兴一同来到清朝驻日使馆，求见驻日公使蔡钧。等了好久，他才慢悠悠地出来，手里端着烟袋，背后拖着又粗又长的辫子，一看就是个腐朽的官僚。

"找我什么事啊？"他一屁股坐在太师椅上，眼皮也没抬一下。

"我们听说俄国拒绝撤兵东北……"没等黄兴说

睡乡敢遣警世钟

——用生命警策国人的陈天华

完，他就接话了：

"俄国不撤兵和你们有什么相干？"

陈天华非常生气，朗声说道："我们是中国人，他霸占我们的国土，当然与我们相干。"

"嘿？"蔡钧被撞了回去，这才抬起头来上下打量着陈天华、黄兴两人，然后又垂下厚眼皮，怪声怪气地问道：

"相干你们又能怎样？"

"我们已经组织了拒俄义勇军，正在加紧训练，派回国内的学生也组成了同样的队伍。希望蔡大人向朝

廷联系，让我们开赴东北战场，参加战斗。"陈天华激昂地说。

"什么，你们组织了军队，还要参加战斗？"蔡钧像挨了一掌似的，猛地从椅子上站起来，"你们是想谋反，好啊，你们不说我还不知道，你们在国内也组织了军队，立即给我解散，否则有你们好看。"他恶狠狠地瞪了陈天华一眼，不等他们辩解就走了。

蔡钧觉得自己立功的机会来了，他一面拍电报回国声称东京留学生尽为革命党且已回国活动，要求清廷查拿严办，另一方面勾结日本当局干涉留学生的活动，不久拒俄义勇军在日本警方的威逼下被迫解散了，爱国学生的一腔热血付之东流。

那天，陈天华等人不约而同地来到黄兴的住处，有人带了酒，有人买了干牛肉，黄兴拿出几盘小菜，大家围桌而坐，默默饮酒。愤懑、不满与仇恨随着杯酒在每个人心里积压、膨胀，最后终于爆发了。

陈天华举起一大杯酒，一饮而尽："这是什么道理啊，报国无门，爱国有罪！"他大声喊着，将手里的酒杯摔得粉碎。

"清政府拿我们百姓的山河不当事，只保他们的统治权。"

"说得对！"陈天华接过黄兴的话，"朝廷已成了洋人的朝廷，成了洋人统治我们汉人的工具，这样的朝廷我们要他何用？"

"砸了他！"

"砸了他！"

几个人都站了起来，把手中的杯子当成卖国政府狠狠地摔在地上。

"大家请坐下，我们好好讨论一下，成立一个反清爱国组织怎么样？"黄兴及时引导大家把反清的情绪转向具体行动。

见大家都平静下来，黄兴谈了自己的想法，"我们这个组织应当以宣传反清爱国为目标，但要以合法的形式在日本立足，这样才能既达到目的，又设法存在下去。"

陈天华沉思了一会儿说："我们就搞一个军国民教育会，提高国民的军事素质，同时下设几个部搞起义、暗杀、宣传。"

"嘿，不错。清政府和日本都无词干涉，大家认为怎么样？"黄兴把目光转向其他人，大家都没有异议。

1903年5月11日军国民教育会在东京正式成立，陈天华主管宣传，这个组织的成立，表明留日学生已走上了反清革命的道路。

睡乡敢遣警世钟
——用生命警策国人的陈天华

辛丑条约

《辛丑条约》即《辛丑议定书》或《辛丑各国和约》，是中国清朝政府与英国、美国、日本、俄国、法国、德国、意大利、奥匈、比利时、西班牙和荷兰在义和团运动失败，八国联军攻入北京后签订的一个和平协定，被认为是中国自第一次鸦片战争后签署的一系列不平等条约之一。19世纪末帝国主义列强激烈争夺和瓜分中国，造成中国空前严重的民族危机。这种危机感促成了人们的觉醒，救亡图存成了当时最紧迫的要求。1898年资产阶级改良派的维新运动失败了，1900年又爆发了以农民为主体的轰轰烈烈的反帝爱国的义和团运动。义和团运动起自山东，迅速发展到直隶、天津、北京，引起帝国主义列强的恐慌。它们决定亲自出兵镇压义和团，英、美、日、俄、法、德、意、奥八国组织联军侵入中国，8月攻入北京。1901年，清政府被迫签订了不平等条约。因为这一年是中国旧历的辛丑年，所以这个条约被称为《辛丑条约》，慈禧太后携带光绪皇帝及亲信臣从仓皇出逃西安。清王朝被迫向帝国主义求和。《辛丑条约》的签订，不仅给中国人民带来了沉重负担，还损害了国家主权。从此，清政府完全成了帝国主义统治中国的工具。《辛丑条约》的签订给中国造成了严重的危害。巨额的赔款，是列强对中国空前的大规模勒索，为支付这笔赔款，清政府加紧搜刮人民，使中国人民生活更加贫困，社会经济更加凋敝。在北京设立的"使馆界"，实际上是"国中之国"，是帝国主义策划侵略中国的大本营。外国侵略者控制京津地区，使清政府完全处于军队的控制之下，便于侵略者直接派兵镇压中国人民的反帝斗争。按照条约规定，清朝官吏严厉镇压中国人民的反帝斗争，进一步成为帝国主义的帮凶。

——睡乡敢遣警世钟
用生命警策国人的陈天华

《辛丑条约》是中国近代史上赔款数目最庞大、主权丧失最严重、精神屈辱最深沉，从而给中国人民带来空前灾难的不平等条约。确立

了清政府为帝国主义列强的忠实走狗的地位，从此，清政府成为资本主义列强统治中国的工具。它的签订，标志着中国完全沦为半殖民地半封建社会。

《辛丑条约》签订现场

写 血 书

1903年春，陈天华到达日本东京。当时正是日本和俄国在我国东北争斗的时候，陈天华立即投身到留日学生掀起的拒俄运动中去。他积极参加"拒俄义勇队""军国民教育会"的活动，同过去的改良主义思想彻底决裂，走上了反清爱国的革命道路。

一天晚上，陈天华回想着白天那些热烈的斗争场面，不由得思念起湖南的父老乡亲。他没有软绵绵的思乡之情，而是想唤醒家乡父老，共同斗争。他铺上

陈天华、姚宏业合墓

睡乡敢遣警世钟

纸，猛地咬破手指，一股殷红的鲜血滴在纸上，敬告湖南人，五个血字，一腔激情，一发而不可止。

"湖南同胞们，中国的命运就掌握在你们手中，你们以为中国没希望，就真的没希望了，但你们以为中国亡不了，就真的不会亡！父老乡亲们起来吧，以湖南推动中国的进步，挽救中国的危亡"。

写着，写着，陈天华的脑海中又浮现出谭嗣同、唐才常这些湖南维新志士的形象，泪水从他的脸颊滚落到纸上，他继续写下去："而挽救中国的危亡，最重要的就是要不怕死，只要万众一心，舍死向前，就没有我们做不成的事！"一连几个夜晚，陈天华蘸着自己的鲜血和热泪，写出几十封血书，分寄给湖南的各个学校。所有收到血书的人，都被陈天华的爱国热情深深感动了。

陈天华不仅向父老乡亲们宣传救亡，还准备回家乡参加反清斗争。这年冬天，陈天华和黄兴被推举为归国革命运动员，回到了湖南。他已经是闻名全国的革命志士了。

著书警世人

　　1906年一个炎热的夏天，浙江金华县的刑场上岗哨林立，警卫森严，围观的人很多，有男的有女的；有老的有少的。大家都在看处决一个犯人。这时人群稍微晃动一下，只见犯人从囚车中走出来。犯人身上被打得遍体鳞伤，衣衫褴褛，披头散发，满脸血污，双手被紧紧地绑着。走到行刑地点，刽子手说："跪下。"那犯人好像没听见似的，依然纹丝不动。这时，过来几个如狼似虎般的家伙强把他按住，让他跪下。一个当官模样的人得意地说："曹阿狗，今日就是你的

死期，明年今日就是你的周年，你死到临头，你知罪吗?"犯人曹阿狗面对杀气腾腾的敌人毫无惧色，他朝当官模样的人轻蔑地瞟了一眼，厉声问道："呸，我何罪之有，我只不过四处公开演讲《警世钟》《猛回头》，这两本书为什么不允许四处演讲?"清朝官吏无词以对，慌忙令刽子手行刑。一声炮响，刀起头落，曹阿狗就这样被清政府杀害了。这个被杀的犯人曹阿狗，是浙江金华县的龙华会会员，罪名是到处讲演"逆书"《猛回头》和《警世钟》。那么，《猛回头》和《警世钟》是两本什么样的书呢?

原来，这是两本既宣传反帝爱国思想，又宣传反清革命思想的书，它的出版打破了"长梦千年何日醒，睡乡谁遣警钟鸣"的沉闷局面，唤醒了更多人的觉悟去从事反帝反清的革命，所以，反动的清政府视这两本书为仇敌，称这两本书是"逆书"，禁止人们出版和销售它，禁止人们阅读它，禁止人们到处讲演它。是谁写了这两本"逆书"？这两本书的撰写者不是别人，正是陈天华。不过当时这两本书上均未签署真实姓名，而是分别署上"群学会主人""神州痛哭人"两个名字。

陈天华在《猛回头》和《警世钟》两本书中，旗帜鲜明地提出反对帝国主义思想。为什么要反对帝国主义呢？陈天华在两本小册子里，淋漓尽致地揭露了帝国主义瓜分中国的野心，指出中国所面临的被瓜分的危机形势，向同胞们大声疾呼：帝国主义侵略者是

陈天华、姚宏业合墓

中华民族最危险的敌人。他揭露说:

> 俄罗斯,自北方,包我三面;
> 英吉利,假通商,毒计中藏;
> 法兰西,占广州,窥伺黔桂;
> 德意志,胶州领,虎视东方;
> 新日本,取台湾,再图福建;
> 美利坚,也想要,割土分疆。
> 这中国,哪一点,我还有分!

陈天华指出帝国主义的残暴侵略行径,使中华民族面临灭顶之灾：

> 嗳呀！嗳呀！来了！来了！甚么来了！洋人来了！洋人来了！不好了！不好了！大家都不好了！老的，少的，男的，女的，贵的，贱的，富的，贫的，做官的，读书的，做买卖的，做手艺的，各项人等，从今以后，都是那洋人畜圈里的牛羊，锅子里的鱼肉，由他要杀就杀，要煮就煮，不能走动半分。唉，这是我们大家的死日到了！

> 苦呀！苦呀！苦呀！我们同胞辛苦所积的银钱产业，一齐要被洋人夺去；我们同胞恩爱的妻儿老小，活活要被洋人拆散；男男女女们，父子兄弟们，夫妻儿女们，都要受那洋人的斩杀奸淫；我们同胞的生路，将从此停止；我们同胞的后代，将永远断绝。枪林炮雨，是我们同胞的送终场；黑牢暗狱，是我们同胞的安身所。大好河山，变成了犬羊的世界；神明贵种，沦落为最下的奴才。

那么怎样才能挽救中国的危局呢？陈天华明确地提出反对帝国主义的思想。

　　第一，陈天华提出了对帝国主义敢于斗争的思想。针对当时的中国人"怕洋人怕到了极点"，不敢同洋人作斗争的畏惧害怕心理，他热情宣传敢于藐视敌人，勇于同敌人作斗争的思想。他说："其实洋人也是一个人，我也是一个人，我怎么要怕他？……不知我是主，他是客，他虽然来得多，总难得及我。""其实洋人也不过是个人，非有三头六臂，怎么就说不能敌他？"

　　第二，陈天华提出为了有效地进行反侵略斗争，应该学习西方的长处，克服自己的短处，把学习西方和反抗侵略结合起来的策略思想。他认为："须知要拒外人，需要先学外人的长处。譬如与我有仇的人家，他办得事体很好，却因为有仇不肯学他，这仇怎么能报呢？他若是好，我要比他更好，然后才可以报得仇呢。""即如他的枪能打三四里，一分时能发十余响，鸟枪只能打十余丈，数分时只能发一响，不学他的枪炮，能打得他倒吗？"陈天华说；"越恨他，越要学他；越学他，越能报他，不学断不能报。"学习洋人的长处，需要有恒心；"俗语道：'天下无难事，只怕有心人'。若有心肯学，也是很容易的。"

第三，陈天华还提出反对帝国主义侵略，必须只争朝夕，应该立即行动起来。

针对当时一部分知识分子在亡国灭种的紧急时刻，不肯参加流血斗争，鼓吹改良分子所宣称的"预备救国"的观点。陈天华劝告青年人，不要空谈救国，不要推卸责任，应当立即行动起来。陈天华说："须知事

——睡乡敢遣警世钟
——用生命警策国人的陈天华

到今日，断不能再讲预备救中国了，只有死死苦战，才能救得中国。""预备救国"就"犹如得了急症，打发人往千万里之外，买滋补的药，直等到病人的尸首都烂了，买药的人，还没有回来，怎么能救急呢？"他说："预备报国"实质上是叫中国人民"大约预备做奴隶罢？"他强调救国要靠实际行动，"明是会说，必要会行。"

第四，面对帝国主义的侵略，陈天华号召全国人民动员起来，团结一致，挽救民族危亡。他向全国人民呼吁："洋兵不来便罢，洋兵若来，奉劝各人把胆子放大，全不要怕他。读书的放了笔，耕田的放了犁耙，做生意的放了职事，做手艺的放了器具，齐把刀子磨快，子药上足，同饮一杯血酒，呼的呼，喊的喊，万众直前，杀那洋鬼子，杀投降那洋鬼子的二毛子。"

在《猛回头》和《警世钟》两本书中，陈天华不仅提出了反帝爱国思想，也提出了反对清朝专制统治的民主革命思想。陈天华已意识到，反对帝国主义侵略，挽救民族危亡，就必须推翻清政府，把反帝斗争和"排满"结合起来。陈天华指出，清朝政府应当推翻的必要性，是因为清政府是一个卖国政府："列位，你道今日中国还是清政府的吗？早已是各国的了，那些财政权、铁道权、用人权，一概拱手送与洋人。洋人全不要费力，要怎么样，只要下一个号令，清政府就立刻奉行。"清朝统治者"见了洋人，犹如鼠见于猫一般，骨头都软了，洋人说一句，他就依一句。"这样的政府只能叫做"洋人的朝廷"，帝国主义的"守土官长"和"奴隶总管"。清政府动辄给爱国志士"加以违旨的罪，兴兵剿洗，连草芥也比不上"。这样，"十八省中愁云黯黯，怨气腾霄，赛过那十八层地狱"。所以，陈天华说："我们要拒洋人，只有讲革命独立，不能讲勤王。"

一本书，一种理论，它的价值有多大，革命性有多强，从革命人民群众是否欢迎这个角度就可以反映出来。这两本书出版后，风靡一时，轰动中外，在当

时的影响较之章太炎《驳康有为论政见书》及革命的
马前卒邹容所著的《革命军》有过之而无不及。陈天
华的作品主要在革命团体和清朝的新军中，在民间会
党和学校的青年学生中，广为流传。在武昌起义前夕，
散布于新军中的革命宣传品，主要是邹容的《革命军》
和陈天华的《猛回头》《警世钟》等书，所以说陈天华
的作品推动了20世纪初中国的资产阶级民主革命高潮
的出现，因而人们称誉陈天华为资产阶级民主革命宣
传家。

邹　容

　　邹容（1885—1905年），汉族，民主革命家，民主革命烈士。重庆市巴南区人。1902年赴日本留学，投身民主革命，是与秋瑾齐名的著名革命演说家。1903年，他以"革命军中马前卒"为署名写成《革命军》一书，旗帜鲜明、通俗易懂地回答了中国民主革命的基本问题，特别是提出了"中华共和国"二十五政纲，系统地阐发了孙中山"建立民国"的设想，这是

睡乡敢遣警世钟
——用生命警策国人的陈天华

邹容对资产阶级革命的历史重大贡献。

邹容，原名绍陶，又名桂文，留学日本时改名为邹容。6岁入私塾，12岁学习《四书》《五经》《史记》《汉书》及名家传记。其父要他科举高中，他却讨厌经学的陈腐，鄙弃八股功名，他喜欢读《天演论》《时务报》等新学书刊，心向维新变革的新思潮。1898年，他跟随兄长到巴县参加考试，题目就是《四书》《五经》，他弃考而去。当得知谭嗣同等六君子变法遇难的消息，他悲愤不已，随后写诗："赫赫谭君故，湘湖士气衰。惟冀后来者，继起志勿灰。"表达了他的惋惜与投身革命的志向。1902年春，他冲破重重阻力，自费东渡日本，进入东京同文书院补习日语，大量接触西方资产阶级民主思想与文化，革命倾向日趋显露，并结识了一些革命志士，积极参加留日学生的爱国活动。他刚毅勇为，常争先讲演，陈述己见，切齿于清统治的暗弱腐败，向往中华民族的新生崛起。其辞犀利悲壮，鲜与伦比，为公认的

革命分子。1903年5月，他的著作《革命军》在上海出版，《苏报》发表章炳麟的文章，广为介

拓展阅读
TUOZHAN YUEDU

绍，称赞《革命军》是震撼社会的雷霆之声！1903年6月，因《苏报》宣传《革命军》，被相互勾结的中外反动派查封。江苏候补道俞明震赴上海查办革命党，章炳麟等人被捕入狱。邹容奋起投狱，与章炳麟共患难。被判刑两年，罚做苦工。邹容在狱中受尽虐待，1905年4月3日，年仅20岁的邹容献出了年轻的生命。但《革命军》一书风行全国，不少青年正是受这本书的鼓舞，走上了革命道路。辛亥革命胜利后，孙中山领导的中华民国南京临时政府，为表彰邹容的革命业绩，追授他"大将军"的军衔。生时"马前卒"，死后"大将军"，生动地记录了这位青年革命家短暂的一生和他在近代资产阶级革命史上的特殊功勋。

《猛回头》和《警世钟》

陈天华在 1903 年夏天，就开始写《猛回头》和《警世钟》，几个月后写出了初稿。第二年又对《警世钟》做了增补。他回湖南准备发动武装起义的时候，就把这两本小册子带上，在学校、在新军中广泛散发。

《猛回头》和《警世钟》采用民间弹唱的形式，读起来上口，容易懂，又充满感情，很受广大群众的喜爱。

睡乡敢遣警世钟
——用生命警策国人的陈天华

在讴歌我们伟大祖国的段落中，陈天华写道：

　我中华，原是个，有名大国，不比那，弹丸地，僻处偏方。

　论方里，四千万，五洲无比，论人口，四万万，世界谁当。

　论物产，真是个，取之不尽，论才智，也不让，东西两洋。

　然而，这样一个富饶美丽的国家正遭受着怎样的灾难呢？请看：

　痛只痛，甲午年，打下败阵；

　痛只痛，庚子岁，惨遭杀伤；

　痛只痛，割去地，万古不返；

　痛只痛，所赔款，永世难偿；

　痛只痛，东三省，又将割献；

　痛只痛，法国兵，又到南方；

　痛只痛，因通商，民穷财尽；

　痛只痛，失矿权，莫保糟糠；

　痛只痛，办教案，人命如草；

　痛只痛，修铁路，人扼我吭；

痛只痛，在租界，时遭凌践；

痛只痛，出外洋，日苦深汤。

那么，清朝的统治者又做了什么呢？陈天华一针见血地指出：

这朝廷，原是个，名存实亡，

替洋人，做一个，守土官长，

压制我，众汉人，拱手降洋。

陈天华于是呼吁人们起来反清，反侵略，并坚定地告诉大家，这个目的是一定能够达到的：

或排外，或革命，舍死做去，

孙而子，子而孙，永远不忘，

这目的，总有时，自然达到，

纵不成，也落得，万古流芳。

胜利后的中国将是什么样的呢？陈天华为大家描绘了一幅图画：

猛睡狮，梦中醒，向天一吼！

百兽惊，龙蛇走，魑魅逃藏。

改条约，复政权，完全独立，

雪仇耻，驱外族，复我冠裳。

到那时，齐声叫，中华万岁，

才是我，大国民，气吐眉扬。

《猛回头》《警世钟》这两本小册子，在国内引起了极大反响。《警世钟》一连被翻印了十几次。湖南一些进步学校还把《猛回头》等作品作为课本，发给学生学习。有的地方把它排成节目，谱上曲子，到处演唱。就连一些农村，也读到了这两本书。

清朝政府对陈天华的作品非常恐惧，把它当成"逆书"，严禁流传。结果却适得其反，越禁止，它的读者反而越多。后来成为革命领袖的毛泽东说过：他青年时代是在读了《警世钟》之后，才"开始意识到国家兴亡，匹夫有责"的。

陈天华由于写了《猛回头》和《警世钟》这两篇重要的革命文章，被人们尊敬地称赞为"革命党的大文豪"。

组织华兴会和长沙起义

为了扩大国内的革命影响，陈天华、黄兴等人在1903年秋、冬相继回国，准备在国内播撒革命的火种，加快反清革命的步伐。

颐和园

1903年11月4日是黄兴30岁生日，他在长沙的住所置备了酒席，邀请陈天华、宋教仁等人喝酒。

"黄兄，请我们吃什么好东西？"

"只怕醉翁之意不在酒吧。"

陈天华和宋教仁同时到了，他们都是湖南籍的留日学生，在日本都参加了拒俄运动和军国民教育会的活动。

黄兴今天特意穿了件绸布长外套，他本来身材不高，体态粗胖，这样一打扮还真像个商人。他听到陈天华、宋教仁两人的声音，急忙迎出来：

"酒菜都是你们最喜欢的，今天你们就放开量吃喝吧。"黄兴说着把两人让进里屋，又命人把外屋门关好。

屋里已有几个人先到了，他们也是湖南籍的留日生，大家都很熟悉。黄兴见大家坐定，先端起酒杯："今天是我的生日，承蒙各位赏光，我先敬各位一杯，干！"

大家见黄兴很郑重，都把杯中酒干了。黄兴又亲自给大家满上。端起这杯酒，他先用严肃的目光看了看大家，然后说：

"今天请大家来，用意确实不在酒上，我们都知道我们此番回国的使命，要完成它，必须尽快行动起来，不能再消极等待了。你们的大哥我刚好到而立之年，

黄兴是华兴会的重要领导人之一

如果大家信得过我，就再喝下这一杯，我愿带着大家共举反清大业。"

"大哥，我就等着你说这句话呢，我们快行动吧。"陈天华听了黄兴的话异常兴奋，他一改往日书生的文弱气，一口喝下了那杯酒。

其他的人都把酒喝了。黄兴见大家都接受自己的意见心里很高兴，他一边劝大家吃菜，一边说：

"你们看，我们最需要做的工作是什么？"

"扩大反清宣传，发展革命同志。"陈天华马上说："我这些天一直在想这个问题，最好能把我的《警世钟》《猛回头》和邹容的《革命军》再印些，秘密地散发出去，再找那些深受影响的人作我们的同志。"

"那最好是有组织地进行。"宋教仁说。

"说得对，这是我请大家来的根本目的。我们必须建立一个像军国民教育会那样的组织，系统地、有计划地进行革命活动。"黄兴说。

"不过，在国内以办学会的方式也生存不下去呀。"

"那就办公司。"陈天华的目光凝聚在黄兴身上，笑呵呵地说："黄大哥正好像阔佬，你来做老板，名字吗……，有了，用你名字中的一个字叫华兴公司怎么样，它的真实含意是振兴中华。"

"好主意，真有你的！"宋教仁拍了拍陈天华的肩

膀，首先表示赞同。

酒桌上的气氛更加高昂起来，你一言我一语充实着陈天华提出的方案。他们把公司的名字进一步具体化叫华兴矿业公司，为了隐蔽起见，他们还确定了许多暗语。"矿业"代替革命，"入股"代替入会，"股票"就是会员证。他们提出公司的口号，"同心扑满，当面算清"。

商议妥当后，黄兴站起来对大家说："现在万事俱备，只欠东风。大家想想哪一天举行组织成立大会呢？"

宋教仁说："天华，你点子多，看看哪一天正式成立妥当。"

陈天华低头想了想说："依我看，选在明年2月15

日这天晚上举行成立大会再合适不过了。"

大伙儿一听，忙问："为什么？"

陈天华笑了笑："你们想，咱们这个组织，虽然对外号称'华兴矿业公司'，但实际上是反清爱国的革命团体。目前满清政府统治摇摇欲坠，他们正极力扑灭革命党人的反清活动。我们举行成立大会，人员一定很多，一旦被清政府耳目觉察到，不仅会坏了我们的大事，而且还可能造成无谓的牺牲！"

众人听了连忙表示认同。

陈天华又接着说："明年2月15日，是阴历除夕，这天晚上大家都忙着辞旧迎新，在家里过节，亲戚朋友欢聚一堂是正常的事，我们趁这个机会举办成立大会，可以掩人耳目，别人会以为我们在欢度佳节，不会加以干涉。所以我认为这一天对我们的活动来说是万无一失的。"

黄兴高兴地点点头："天华说得很有道理。那好！我们就定于明年2月15日举行华兴会成立大会！"

大家也都表示赞同。

转眼到了1904年2月15日，这天晚上，长沙城里，家家灯火通明，鞭炮声不绝于耳。在城南角的黄兴寓所里，也是一派热闹的节日气氛。陈天华、宋教仁及许多爱国人士都汇聚在这里，每个人都兴致勃勃，掩饰不住内心的喜悦之情。黄兴走到大家面前，环视了一下屋内的来客，然后用低沉而有力的声音说道："诸位来宾，在这辞旧岁，迎新春之际，我宣布，华兴会正式成立了！"

房间内顿时响起了热烈的掌声。

黄兴摆了摆手，示意大家静下来："我们这个组织的口号就是'驱除鞑虏，恢复中华'，要坚决推翻腐朽的清政府！"

黄兴铜塑像

睡乡敢遣警世钟

——用生命警策国人的陈天华

"对！一定要推翻清政府！"众人一致响应。

这时陈天华高声说道："诸位，我提议由黄兴兄担任华兴会会长，宋教仁担任副会长，不知大家是否赞同？"

众人一致举手表示赞同。

陈天华又说："黄兄，我们的组织已经成立了，按计划我们该采取行动了吧？"

黄兴点了点头："对！我们要立即采取行动。目前全国反清高潮日甚一日。不过，我认为，北京是满清政府活动中心，受政府严密监视，不适合首先发动革命。"

陈天华马上深有领悟地说："黄兄的意思是我们先从地方起事？"

"对。"黄兴一挥手说道："我们应采取雄踞一省，各省响应的策略，选择革命条件比较成熟的地方发动起义，同时分头去运动外省各界起而响应，革命才能成功！"接着他转向陈天华："天华，你认为呢？"

陈天华赞同地说："黄兄说得很对。我想，湖南的革命条件比较成熟，可以作为首先起义的地区，在湖南，长沙的情况较好，如果要行动，不妨首先在长沙起事。"

黄兴马上说道："我也正有此意，在长沙首先发动起义，然后推及至整个湖南，以后以湖南为根据地向全国推进，不知各位认为如何?"

宋教仁等其他爱国志士也纷纷表示赞同。于是，华兴会成立后的第一次行动就定为发动长沙起义，大家分头去准备。

陈天华和黄兴等商议决定在阴历十月初十慈禧太后七十岁生日那天，用预先埋下的炸药，一举炸死在长沙万寿宫行礼祝寿的全省文武官员，然后宣布长沙起义，并在其他几个地方同时响应。这之前，陈天华负责在军队中动员士兵参加起义。不久，为了更好地发挥地方组织的力量，黄兴又让陈天华做好哥老会会员的工作，吸引他们参加长沙起义。怎样吸引哥老会会员参加长沙起义呢？陈天华绞尽脑汁，终于想出一个好主意，就是在阴历八月十五天，大张旗鼓地举行授予会党首领马福益为同仇会少将的授衔仪式，乘机动员哥老会众参加华兴会

黄兴像

睡乡敢遣警世钟
——用生命警策国人的陈天华

的外围组织同仇会，为筹划长沙起义积蓄力量。

八月十五日这天，是湖南浏阳普集市传统的牛马交易会，集市上人山人海，热闹非凡。来赶集的都是农民，他们绝大多数是哥老会会员，他们有的赶着牛马，有的赶着猪狗来到市场。一阵锣鼓声响过后，喧闹的人群顿时静了下来，他们的眼睛都往一个方向看。只见陈天华走上一个临时搭起来的土台子上，向人们说："乡亲们，我奉同仇会之命，授予哥老会首领马福益为同仇会少将军衔的职务，请马英雄举起手来，宣誓。"长着满脸络腮胡子，身材魁梧的马福益，举起右手，宣誓说："我志愿加入同仇会，愿意遵守同仇会的规矩，愿意担任少将职务，愿为同仇会的发展壮大效犬马之劳。"稍后不久，刘揆一说："我们同仇会将发给马首领长枪二十支，手枪四十支，马匹四十匹作为入会的酬劳。"马福益乐呵呵地接受了这一馈赠。这次声势颇大的聚会对哥老会众起到了直接的革命动员作用，哥老会会员大约有10万余人参加同仇会。

正当陈天华摩拳擦掌准备长沙起义的时候，不幸，消息走漏了。狡猾的湖南巡抚陆元鼎派密探假装与二位会党骨干交好。10月初，密探和会党骨干在饭店吃饭。在饭余酒后，会党骨干激动地说："万寿节快到了，我们快要动手了。"这话被密探听到，突然将二人逮捕，把二人带到县衙门。在严刑拷打之下，他们两人供出了华兴会长沙起义的计划。湖南巡抚十分惊恐，立即发兵四处搜捕革命党人，一些地方组织会员惨遭杀戮，幸好黄兴和陈天华事先得到消息，匆忙离开湖南，才未落入刽子手的魔爪。长沙起义未来得及发动，便遭到镇压，陈天华、黄兴等人痛心疾首。

1904 年 11 月 7 日，陈天华与黄兴等人辗转来到上海公共租界。这批刚从虎口脱险的革命志士，不畏艰险，决心重整旗鼓。他们在租界内创办了译书局，作为策动起义的秘密机关，并决定分头运动大江南北的军、学两界，在武昌、南昌等地发动武装起义。经过陈天华等人的共同努力，不到十天时间，华兴会又重新振兴起来，陈天华兴奋异常。然而，革命的道路不会是一帆风顺的。

一天，陈天华正在印发革命传单，一个会员急匆匆地赶来找他："天华，快收拾东西，这里不是久留之地。"

陈天华一惊："怎么，出事了？"

"嗯。你快走吧，到安全地方我再告诉你。"

陈天华坚定地说："你必须先告诉我，发生了什么事？"

这个会员无奈，只好如实相告。

　　原来，一位华兴会会员在行刺一个卖国官员后，不慎被外国巡捕跟踪，结果使华兴会的一个秘密机关遭到破坏，黄兴等人先后被捕，其他人也不得不仓皇撤离。现在，巡捕房正在四处搜捕华兴会同党分子。

　　陈天华听后，心头一沉，想到起义计划再次被破坏，黄兴等会友被捕，他悲愤不已。

　　来报信的会员又催他快些离开，陈天华斩钉截铁地说："你走吧，我要留下来，他们不是要找我吗？我就在这里等着他们，我要同黄兄他们一起面对不幸。"

　　会员一听急坏了："天华，你不走，留在这里岂不是等死吗？"

　　陈天华坦然一笑："革命不成功，国家就会毁灭，民族就会消亡，这不就等于是死吗？我还求什么生存呢！"

会员说不过陈天华，只好又搬来好多华兴会会员，大家一致劝说陈天华应该留下有用的身躯，以便将来再找机会发动革命。在朋友们的劝阻下，第二天，陈天华才从容地转移到安全的地方。

　　这一时期，陈天华所写的《猛回头》与《警世钟》已在全国得到更广泛的传播，已有更多的人受到这些文字的启迪而幡然猛醒。清政府和在华的外国侵略者既惧怕又恼怒，他们派出巡捕明搜暗访，欲置此书的作者于死地。在这种情况下，陈天华继续留在国内，实在是危险重重。经朋友们一再劝说，1904年底，陈天华再次东渡日本。

睡乡敢遣警世钟

——用生命警策国人的陈天华

黄　兴

黄兴（1874—1916年），原名轸，改名兴，字克强，一字廑午，号庆午、竞武。革命时期化名李有庆、张守正、冈本、今村长藏。汉族，湖南省长沙府善化县高塘乡人。中华民国开国元勋，辛亥革命时期，以字黄克强闻名当时，与孙中山常被时人以"孙黄"并称。

1893年黄兴入长沙城南书院，22岁时考中秀才，1901年毕业于武汉两湖书院，次年春被湖广总督张之洞选派去日本留学，入东京弘文学院师范科学习。他喜好军事，课余曾请日本军官讲授军事课程，每天清晨必练习骑马、射击，为日后领导武装起义准备了条件。1903年，为抗议沙皇俄国侵占我国东北，与同学二百余人组织拒俄义勇队（后改为学生军、军国民教育会）。同年回国，在长沙邀集陈天华、宋教仁等二十余人集会，成立革命团体华兴会，被公推为会长。随后联络会党，定于次年秋，慈禧太后过七十岁生日时在长沙起义。但事情败露，黄兴逃亡日本。

1905年，在日本结识孙中山，大力支持孙中山筹组革命组织同盟会，任同盟会庶务（相当于协理），成为会中仅次于孙中山的领袖，随后即将主要精力放在发展革命分子、组织武装起义上。他亲自掌握留日陆军学生的入会工作，从中选拔坚定分子组织"丈夫团"，为武装起义准备力量。1909年秋，受孙中山委派，黄兴到香港成立同盟会南方支部，策划广州新军起义，但因种种原因起义失败。起义失败后，孙中山召集"庇能会议"，决定倾尽全党人力物力，在广州再次起义。1911年初在香港成立领导起义的总机关统筹部，黄兴任部长。1911年4月27日发动黄花岗起义，黄兴率敢死队百余人猛攻两广总督衙门，许多革命党人英勇牺牲，黄兴右手受伤，断去两指。起义失败后，他在香港养伤，同时支持宋教仁、谭人凤等在上海成立同盟会中部总会。10月10日武昌起义爆发，黄

睡乡敢遣警世钟
——用生命警策国人的陈天华

T拓展阅读 TUOZHAN YUEDU

兴于28日赶到武汉，被任命为革命军战时总司令，率民军在汉阳前线与清军奋战二十余日。11月27日汉阳失陷后，转赴上海。南京光复后，独立各省代表会选举他为大元帅，后改为副元帅代行大元帅职权，他均未赴任。1913年3月，袁世凯派人暗杀国民党代理事长宋教仁。孙中山主张立即兴师讨袁，黄兴以南方各省内部不统一，军队力薄，对讨袁缺乏信心，主张法律解决。7月初，孙中山在上海再次召开军事会议，决定兴师讨袁，黄兴表示赞同。二次革命爆发，黄兴在南京强迫江苏都督程德全宣布独立。黄被推为江苏讨袁军总司令。二次革命迅速失败，孙中山、黄兴与国民党许多骨干分子再次流亡日本。1914年夏，黄兴离开日本旅居美国。1916年7月回到上海，10月31日在上海因病逝世。

宋 教 仁

宋教仁（1882—1913年），字遁初，号渔父，汉族，湖南桃源人。1913年被暗杀于上海，享年31岁。宋教仁是中国伟大的民主革命先行者、中华民国的缔造者，是中华民国初期第一位倡导内阁制的政治家。

宋教仁6岁入私塾，17岁入桃源漳江书院，受县教谕黄寿彝和书院山长瞿方梅等人影响，淡泊科举功名，关心天下大事，萌生反清思想。1902年，他以优异的成绩考取武昌普通中学堂。在当地

宋教仁像

睡乡敢遣警世钟
——用生命警策国人的陈天华

宋教仁塑像

的一些革命团体吸引了他，他常与一些革命人士议论时政，畅谈革命，决心走反清革命的道路。1903年8月黄兴到达武昌，两人相识并从此成为至死不渝的挚友。不久，黄兴因激烈的反清言论，被驱逐出武昌，回到长沙。随后，宋教仁也回到湖南，为成立革命团体到长沙、常德一带做联络工作。11月4日，宋教仁以赴黄兴30岁寿宴为名，与黄兴、刘揆一、陈天华、章士钊等在长沙黄宅筹创华兴会。1904年2月，华兴会在长沙正式成立，选黄兴为会长，宋教仁为副会长。该会的宗旨是："驱除鞑虏，恢复中华"。华兴会成立后，立即着手扩大组织，准备武装起义。宋教仁在华兴会的活动初步显露出卓越的组织才能。1904年7月，宋教仁在武昌发起创建"科学补习所"，以此为掩护在新军和学校中开展革命活动。同年，华兴会策划在慈禧太后

宋教仁遇难照片

睡乡敢遣警世钟
——用生命警策国人的陈天华

七十寿辰时在长沙、岳州、衡阳、宝庆、常德分五路同时起义。宋教仁负责常德一路的组织发动工作。9月，宋教仁回常德，在城内五省客栈设"湘西联络总站"。10月初，在常德笔架城举行的会党集会上被推为龙头，大家议定：起义时，会众扮作朝五雷山的香客，到笔架城边的文庙集合，听候指挥。11月5日，为筹备经费，宋教仁到长沙，发现起义事泄，湖南巡抚陆元鼎下令搜捕。随后宋教仁经武汉、上海登船潜赴日本。12月13日，宋教仁到达日本，刚安顿下来，他就重新开始革命活动。在孙中山倡导下，宋教仁在日本东京与其他革命人士共同创立同盟会，并将《二十世纪之支那》改为同盟会机关报《民报》，宋教人以同盟会司法部检事长身份兼该报撰述。1910年长江中下游流域革命力量骤增，宋教仁提出相应转移革命重心。年底，他从日本返抵上海，于右任聘任他为《民主报》主笔，他以"渔父"笔名撰写大量宣传革命的文章。1911年7月，宋教仁与谭人凤、陈其美在上海组建同盟会中部总会，亲任总务干事。他亲自或派人来往于上海、两湖各地，积极发展中部总会分会，筹款、购买武器弹药，推动长江中下游流域的革命进程。两湖革命形势空前高涨，终于导致武昌起义的爆发。武昌起义成功后，他在上海大造革命舆论。通过发表文章和拍电报，积极敦促各国政府对中国革命严守中立，承认革命军为交战团体；对内则大力宣传革命的宗旨，说明"革命党之主义即声言在推翻恶政，出人民于水火之中"，争取人民群众的支持。

1912元旦，南京临时政府成立，孙中山为临时大总统，宋教仁被任命为法制院院长。宋教仁很重视立法工作，很快就起草了一部宪法草案《中华民国临时政府组织法》，仍然主张内阁制，并被孙中山所接受。以后出台的《临时约法》，就是以宋教仁的《鄂州约法》和该宪法草案为蓝本的。孙中山让位给袁世凯后，宋教仁于4月27日就任唐绍仪内阁的农林总长。

拓展阅读
TUOZHAN
YUEDU

1913年3月，宋教仁抵达上海，接到袁世凯发出的"即日赴京，商决要政"的急电。3月20日晚10时，宋教仁由上海乘火车去北京。宋教仁与送行的黄兴、于右任、廖仲恺等人一一握别，正要上火车，被刺客开枪射中，22日凌晨，宋教仁与世长辞，年仅31岁。

宋教仁墓

拥护孙中山

陈天华是个情绪激荡的人。华兴会曾几次试图发动起义，结果都失败了，因此陈天华的情绪受到很大挫伤。有一段时间，他怀疑革命会很快成功，居然想通过向清朝政府"请愿"来救亡，差一点和保皇派站到了一起。

1905年夏天，孙中山从欧洲来到日本，这位伟大的民主革命家的到来，使陈天华从绝望中又看到了一线希望。

孙中山一见到陈天华，就以赞赏的口气对他说：

"我早就拜读过陈先生的大作，尤其欣赏陈先生在《猛回头》中的一个政治主张。"

孙中山塑像

"什么主张？"陈天华迷惑不解地问。

"就是合作一个大党的主张啊，是先生第一个提出的，怎么倒忘记了。"说着，孙中山爽朗地笑起来。

陈天华这才恍然大悟。接着，孙中山又对陈天华说：

"现在的革命形势很好，当前最要紧的事，就是按照陈先生的主张，把华兴会、光复会、兴中会等革命团体联合起来。"

孙中山的话还没有讲完，陈天华的心境变得豁然开朗，如同拨开云雾看见青天一样。当天夜里，陈天华躺在床上，翻来覆去睡不着，孙中山的话又在他耳边响起：

"只要我们能做到，大家团结一致，不论革命前的事，还是革命后的事，都分别有人去考虑，一旦革命成功，共和政府就能立即建立，天下也就太平了。"

"孙先生讲得太好了，看起来，孙先生这样的人，决不只是民族英雄，实在是个世界大人物！"陈天华思忖着。他决心站到孙中山的旗帜下，把自己的一切都贡献给民主革命事业。

1905年7月30日，陈天华参加了中国同盟会筹备会，参与起草了同盟会章程。8月20日，同盟会在东京正式举行成立大会，陈天华被选为书记。原来由陈天华等人主办的《二十世纪之支那》杂志改为同盟会的机关报，改名《民报》，陈天华担任《民报》的主笔，以新的姿态投入了战斗，为中国资产阶级民主革命的发展做出了积极的贡献。

参与发起同盟会

陈天华来到日本后，正值伟大的革命先行者孙中山先生正在为筹划成立一个全国性的统一的革命组织而奔走呼告。孙中山认为：中国现在正处于一次伟大的民族运动的前夕，有许多迹象表明，全国革命形势现已成熟。勃兴的革命斗争需要有一个统一的组织来领导。而当时的兴中会、华兴会、科学补习所、光复会等革命小团体，都是区域性的革命团体，并且缺乏明确的革命纲领，难以承担领导革命的重任。因而，他主张要联合中国内地的几个革命小团体，组成全国

同盟会部分成员合影

性的革命政党。

在各革命团体中，华兴会的力量和影响仅次于兴中会。黄兴、陈天华、宋教仁、姚宏业、刘揆一、刘道一、杨笃生、谭人凤、吴禄贞、胡瑛、李燮和、苏

驱除鞑虏恢复中华

创立民国平均地权

孙中山手书的同盟会十六字纲领

睡乡敢遣警世钟
——用生命警策国人的陈天华

曼殊……文韬武略,人才济济。孙中山所领导的兴中会,其会员多半是华侨,他与国内各省革命志士的联系、他与大批留日学生的实际接触,不及华兴会多。华兴会是留日学生中最主要的革命团体。因此,全国革命政党能否顺利地组建起来,华兴会的态度具有举足轻重的地位。

　　1905 年 7 月 29 日,这天天气晴朗,华兴会骨干分子聚集在东京黄兴寓所,召开一次会议。黄兴说了开场白:"今天把大家召集来,不为别的,是要每个人就华兴会与兴中会联合的问题发表一下意见,请大家畅所欲言,各抒己见。"没等黄兴说完,刘揆一迫不及待地说:"我想就这个问题谈谈我的看法,我反对与兴中会合并,这样华兴会就会被兴中会吃掉了,看不出我们华兴会的影响。"刘揆一说完后,宋教仁接着话茬说:"我看华兴会和兴中会合并这件事,无所谓,合亦可,不合亦行。"他的态度是模棱两可。刘揆一说:"黄兄,谈谈你的高见。"黄兴说:"好吧,这几天我一直在考虑这个问题,思来想去,我主张,华兴会形式上可以加入兴中会,精神上不妨仍可保存华兴会的团体。"正在大家争论得面红耳赤的时候,陈天华站起来,说出了他的看法:"我对诸位的观点不敢苟同,我赞成华兴会与兴中会联合,这样不仅可以壮大华兴会,而且会有助于中国革命的成功。昨天下午，我见过孙中山先生，孙中山和我入木三分地谈起了各地革命团体实行联合的重要意义，我认为他讲得有道理。通过与孙中山接触，我认为孙中山是中国四万万人民的代表，是中国英雄中的英雄，他代表着中国的未来，他是值得我们大家追随的领袖人物。因而，我们要摒弃小团体主义、狭隘的地方主义，尽早促成联合一事。"陈天华的一席话，对于一部分态度暧昧的会员显然有启发作用，所以，会后不少会员改变了态度，这样就为中国同盟会的成立铺平了道路。

　　1905年7月30日下午，这一天异常闷热，在东京赤坂区桧町三番日本人内田良平的寓所内聚集了70多人，他们是兴中会、华兴会及其他革命团体的代表。由于人多，显得小木屋十分拥挤。当时，孙中山神采奕奕地走上讲台，他激动地说："经过一段时间的准备，各革命团体联合的问题现已有了眉目，今天把大家召集来是想举行筹备会议。"大家热烈鼓掌欢呼，掌声如雷。孙中山接着说："我提议联合后的革命组织名字叫中国同盟会，同盟会的会纲为：驱除鞑虏，恢复中华，创立民国，平均地权。"黄兴说："我们应该立一个誓约，等一会儿宣誓时用。"孙中山即席起草誓约。孙中山草就誓约后指着身旁的陈天华说："天华，

孙中山对同盟会的建立起到了积极的推动作用

你是个擅长文辞的人，你看我起草的誓约怎么样？"陈天华把誓约拿过来略加润色、修饰，又拿给孙中山看，孙中山念道："当天发誓，驱除鞑虏，恢复中华，创立民国，平均地权，矢信矢忠，有始有卒，有渝此盟，当众处罚。"众人都说："好！"接着，孙中山说："我们还有一项工作需要做，就是要起草同盟会章程，准备提交同盟会成立大会时讨论，请大家推荐几个人负责起草同盟会章程。"宋教仁说："我提议陈天华为制订同盟会会章的起草员。"

经过孙中山、黄兴和陈天华等人的共同努力，1905年8月20日，中国同盟会在东京赤坂区灵南坂日本人阪本金弥的住宅内举行成立大会，共有一百多人出席这一具有深远历史意义的大会。会上，通过了陈天华等人起草的同盟会章程，推选孙中山为总理，黄兴为庶务，以协助总理主持工作，陈天华为书记。最后，通过将《二十世纪之支那》杂志改为《民报》，作为同盟会的机关报，陈天华参与《民报》的编辑工作，并为主要撰稿人之一。

　　同盟会的建立，使中国资产阶级民主革命运动进入了一个新阶段，在中国同盟会的成立过程中，陈天华又热情地贡献了自己的一分力量，为同盟会的建立立下了汗马功劳。

难酬蹈海亦英雄

1905年12月8日，在东京城里开往大森湾的公共汽车上，陈天华一身素衣，静静地坐在车上，他似乎在凝视着远方，又仿佛什么都没看。他的思绪早已被滚动的车轮带入了一个月来发生的所有一切之中。

中国同盟会成立后，革命形势飞速发展。日本的东京成为当时革命活动的海外中心，这使清政府惊恐万分，他们决定消灭留日学生的革命活动。在与清政府串通之后，日本政府于1905年11月2日，由日本文部省颁布《关于清国入学之公私立学校章程》，即《清

国留学生取缔规则》，在报纸上登载。其中规定：中国
留学生要进入日本的学校，以及转学、退学，均须由
清朝政府驻日使馆介绍或同意；留学生的来往书信及
校外活动、宿舍，均需受日本当局的监视，被某学校
以"品行不良"为名开除的留学生，其他学校也不得
再予招收。这一取缔规则实质上是严厉禁止中国留学
生的革命活动，强迫留学生遵守清政府的法令。这一
取缔规则理所当然地遭到了中国留日学生的反对。

　　读了这份"取缔规则"，陈天华十分愤慨。这一天
宋教仁刚好也在陈天华的住处。陈天华气愤地对宋教
仁说："简直是岂有此理！这分明是剥我自由，侵我主

权嘛！”

宋教仁也愤怒地说：“我们决不能听之任之，现在学生中人人义愤填膺，我们应抓紧时机，联合全体学生，抗议文部省的行为。”

陈天华神情忧郁地说：“目前我留学生务必要团结一致，绝不可以四分五裂。不过，我很担心。”

“担心什么？”

“在留日学生中间，有为之士固然很多，但追求功名利禄，拿留学生的头衔当成敲门砖，想一步一步往上爬的人也不少，所以各校留学生，能否拧成一股绳，我很担心。”

宋教仁拍了拍他的肩膀：“天华，我看你今天情绪很低落。不过，我想虽然人各有志，但日本人如此不把中国人放在眼里，凡是有血性的人都会起来斗争的。只要我们大力号召，大家就一定会携手并肩的。”

果然，在宋教仁、陈天华等人的大力号召和组织下，从12月4日起，就读于日本各校的8 600多名留学生，同心同德，先后集体罢课。这使陈天华惊喜万分，中国留学生果然能团结起来，一致行动，向全世界证明中国人民没有昏昏欲睡，而是有强烈民族自尊心的伟大的人民！

然而，斗争并不是一帆风顺的。随着斗争的深入，留日学生的态度开始发生了变化，而其中的两个现象尤其让陈天华寝食难安，忧心忡忡。一件事就是，对于反对取缔规则的斗争，留学生内部，在认识上，方法上开始产生严重分歧。以陈天华、宋教仁等人为代表的一派主张全体留日学生应罢学归国，不在日本忍辱求学，回上海办学，以这样的举动洗刷耻辱，而且一些赞同这种观点的学生已开始陆续回国。另一派则认为，留学生全体回国，有被清政府一网打尽的危险，留学生应忍辱负重，等罢课取得一定胜利后，就和平

了结此事。这两派都有拥护者，双方争执不下，陈天华为此忧心不已。另一件让陈天华忧虑的事情便是中国留日学生总会的一些负责人，纷纷引退，不愿意承担领导这场运动的责任。

宋教仁了解

陈天华蹈海殉国的英雄壮举，已载入中国革命的史册。（图为人民英雄纪念碑）

陈天华的心事，就安慰他说："天华，任何斗争都不会是一帆风顺的，你不要想得太多。"

陈天华仰天长叹一声："我真是恨铁不成钢，有劲儿使不出来呀！"

宋教仁也叹了口气："要是孙文兄在这里就好了，他会告诉我们如何去做。"

"是呀！只可惜……"

看到陈天华忧心忡忡的样子，宋教仁又安慰了他一阵子才回去。

这一夜，陈天华翻来覆去，很晚才入睡。

第二天，陈天华很晚才起床，吃过早点，他照例拿起了每天必读的《朝日新闻》，迅速地浏览了报纸的大致内容，猛然间，他的目光停住了，嘴里不自觉地读出了声："大清国留日学生集体罢课的原因，是由于他们对文部省的命令的解释过于偏狭而产生不满，以及清国人所特有的放纵卑劣的性情所促成的。不过他们的举动很快就要失败，因为他们的凝聚力十分薄弱……"读到这里，陈天华脸色遽变，怒火万丈。他自言自语地说："我国同胞果真是放纵卑劣的吗？我们的民族真的是乌合之众吗？日本人真是欺人太甚了！只可惜，我们的凝聚力是太差了，我们无法团结一致，再这样下去，中国真要亡国，中华民族也真要亡种了！"想到这里，陈天华禁不住泪流满面。他多么希望同胞们时时牢记外国人对中国人民的轻侮，以实际行动洗刷"放纵卑劣"这四个字！

"我该怎么办？"从陈天华读完报纸后，他一直在心里不停地问："我该怎么办？"写文章？对于救国的空谈，人们已经读厌了。演讲呼吁？留学生会不会听从呢？或者一时听从，日后又忘却了呢？他的一个个想法都被自己否定了。猛地，又一个念头闪过他的脑海，以身投海！无论他做什么，这个念头一直萦绕着他。一想到日本人对中国人的污蔑，一想到留学生中的分歧，负责人的逃避，陈天华就悲愤不已，不能自拔。"对！我要以非常的行动，以自杀来震惊国人，以自杀来激励留学生团结、斗争，以自杀来向全世界宣布，中国人民不是放纵卑劣的芸芸众生，而是有民族尊严，有高尚道德的伟大人民！"

作出了蹈海的决定，陈天华的心情反而平静了。生长在民族沉沦的年代，他多少次目击山河破碎、黎民遭殃的惨剧，多少次义愤填膺、痛不欲生。如今，能以死报国，他认为值得。

这天夜里，他写下了《绝命书》，在书中他声明，他投身东海，是为了大家有所震动，团结起来，以实际行动除去"放纵卑劣"四字，而实行"坚忍奉公，力学爱国，卧薪尝胆，刻苦求学"，来振兴中华民族。他写道：如果大家日后还纪念他，就切勿忘记他今日的遗言。

陈天华还给留日学生总会的负责人写了封短信，要求他们尽力维持，领导好这场反对"取缔规则"的学生运动。

12月8日清晨，陈天华起床后，仍和平时一样洗漱、读报，进早餐，然后从容地离开宿舍，将绝命书等挂号信寄出。做完这一切后，他登上了开往大森湾的公共汽车。

在东京南面的大森湾，陈天华面对浩渺的大海，拍岸的惊涛，想到自己七尺男儿，正值壮年，就将在异国海域结束短暂的一生，不禁产生缕缕哀愁。感伤虽有，但陈天华并不犹豫，想到自己的死能唤醒千百万民众团结起来，振兴中华民族，陈天华毅然坚定地向深海一步步走去，无情的海水终于吞噬了他年仅31岁的生命。

多才多艺，著书醒人的优秀革命家陈天华就这样为国捐躯了，苍天为他低眉，大海为他哭泣。陈天华短暂的一生虽然结束了，但他反帝爱国的民主革命精神在中国人民心中留下了永不磨灭的印象。陈天华死后，中国留日学生立即作出了集体归国的决定，日本当局不得不妥协，承认了中国留学生的一系列正义要求。

陈天华短暂的一生结束了，但他的英名和他的《猛回头》《警世钟》等著作，将永远载入中国革命的光辉史册。他蹈海殉国所敲响的警世之钟，仍在神州大地长鸣！

睡乡敢遣警世钟
——用生命警策国人的陈天华

中华魂·百部爱国故事丛书
提　要

《誓与禁烟相始终——民族英雄林则徐》

林则徐严禁鸦片，坚决抵抗西方列强的侵略，坚持维护国家主权和民族利益。他是中国近代历史上第一位睁眼看世界的人，是抗击帝国主义殖民侵略的第一人，是中华民族抵御外侮过程中伟大的民族英雄。

《血洒虎门御敌寇——抗英将军关天培》

民族英雄关天培，在第一次鸦片战争中为了抗击英国侵略者的入侵而血洒虎门，为国捐躯，谱写了一曲可歌可泣的英雄赞歌。关天培用他的生命，书写了中国人民反抗外侮的历史。

《威震镇海靖节魂——抗敌英雄裕谦》

在第一次鸦片战争期间的众多牺牲者中，有一位官阶最高，他就是两江总督裕谦。裕谦与外国侵略者斗争立场坚定，与国内妥协派、投降派斗争态度坚决。裕谦督战镇海，与英国侵略军浴血奋战，临危不惧，以身报国，浩气长存。

《斩邪留正解民悬——太平天国领袖洪秀全》

农民出身的洪秀全，从失意文人到起义领袖，经历了长期的思想演变过程，在外敌入侵、清朝政府腐朽的历史环境之下，顺应时代的潮流，成长为一位非凡的历史英雄人物，建立了与清朝政府相抗衡的农民政权——太平天国。

《仰承汉唐　荟萃中外——近代数学家李善兰》

李善兰是我国19世纪重要的科学家之一，在数学、天文学、力学等方面都有重大建树。他继承了我国古代数学的成就，又以极大的热情传播西方科学文化，"仰承汉唐，荟萃中外"，把自己的一生献给了科学事业。

《严谨治学　勇于探索——近代著名数学家华蘅芳》

华蘅芳，中国近代数学家之一。其精通中国古算学，并熟练掌握西方近代数学，是中国验证抛物线并著书立说的参与者。为了证明"外国有的，中国也能造"而鞠躬尽瘁，在引进西方科学技术、传播科学知识上贡献卓著。

《折冲樽俎护山河——近代著名外交家曾纪泽》

曾纪泽是中国近代史上著名的爱国外交家，在中俄伊犁交涉事件中，他秉承抵抗列强、保卫国家的坚定意志，利用外交手段全力同沙俄抗争，捍卫了国家主权、民族尊严，收回了祖国的领土，在近代中国外交史上留下了光辉的一页。

《甲午海战留英名——民族英雄邓世昌》

邓世昌，北洋水师名将。本书以邓世昌的成长过程为线索，以代表性的历史故事为主要内容，还原真实的历史事件，突出鲜明的人物性格。邓世昌因在中日甲午海战中突出的英雄气概而名垂史册，书写了伟大的爱国主义篇章。

《誓与舰队共存亡——北洋水师提督丁汝昌》

丁汝昌处在清朝政府的腐朽和李鸿章的专断下，难以施展爱国的抱负，壮志未酬，愤恨而终。但丁汝昌为建立近代海军作出的巨大贡献，带领北洋舰队爱国官兵勇抗强敌的英雄事迹，将永远为后代所传颂。

《镇南关上凯歌扬——抗法老英雄冯子材》

1885年中法战争中，年逾古稀的冯子材为抵御外国侵略，勇赴国

难，大败法军于镇南关，并乘胜追击，接连收复文渊、谅山等地，从根本上扭转了中法战争的局面，成为近代民族英雄的杰出代表。

《屡败法军逞英豪——黑旗军将领刘永福》

刘永福是黑旗军的创建者，是农民出身的杰出军事家、政治活动家。在19世纪发生的援越抗法、中法战争中，他率部与帝国主义侵略者进行了殊死的战斗，建立了卓越的功勋，成为我国近代史上著名的民族英雄，为后世所景仰。

《矢志变法强国家——戊戌变法领袖康有为》

康有为是清末民初最有影响力的思想家之一。他领导了中国知识界的启蒙运动，掀起了一场自上而下的政体改革。他最早在中国提出了立宪政体和具体的宪政方案，主张在坚持儒家传统和帝制的前提下，学习西方经验，他的进步思想对近代中国具有深远的影响。

《开民智以报国　普新知而图强——戊戌变法思想家梁启超》

梁启超，中国近代史上著名的政治活动家、启蒙思想家、史学家、文学家，戊戌变法领袖之一。本书以百日维新思想家梁启超的成长过程为线索，以代表性的历史故事为主要内容，还原真实的历史事件，突出鲜明的人物性格。

《我自横刀向天笑——维新志士谭嗣同》

谭嗣同在民族危机的严重时刻，投身改革救中国的洪流。为了带给祖国一个光明的未来，紧要关头，他挺身而出，用自己的鲜血激励后人，把宝贵的生命献给了变法事业。

《睡乡敢遣警世钟——用生命警策国人的陈天华》

陈天华是民主革命的活动家和宣传家。他写的《猛回头》《警世钟》等书，起到了革命启蒙的重大作用。为了激发留日学生的爱国情怀，他不惜投海自杀，演出了近代史上感人至深的一幕，给后人留下了难忘的印象。

《革命军中马前卒——民主斗士邹容》

革命乃"至尊极高，独一无二，伟大绝伦之一目的"；它是"天演之公例，世界之公理，顺乎天而应乎人"的伟大行动。因此，必须"仗义群兴革命军"。他激情高呼："革命独子万岁！中华共和国万岁！"这就是《革命军》的作者，中国近代著名资产阶级革命宣传家邹容。

《休言女子非英物——鉴湖女侠秋瑾》

为民族解放和妇女解放而英勇斗争的秋瑾，冲破封建礼教的思想牢笼，打碎封建精神枷锁，崇仰真理，追求光明，主张共和，坚持男女平等，最终献出了自己年轻的生命。

《血溅校场　杀身成仁——民主斗士徐锡麟》

本书讲述了反清志士徐锡麟弃文从武、投身反清革命事业，最终被清政府杀害的故事。出于对国家的热爱，徐锡麟献出自己的生命，他的事迹将永远激励后人深切缅怀这位民主革命的先驱。

《生可死耳　我志长存——献身民主的禹之谟》

禹之谟，民主革命党人，同盟会会员，近代资产阶级革命家、实业家。1886年，20岁的禹之谟"提三尺剑，挟一卷书"游历四方，研究西方社会政治学说，忧国忧民之心日趋强烈。戊戌变法失败，他丢掉改良幻想，倡革命救亡之说，走上民主革命道路。

《物竞天择　适者生存——资产阶级启蒙思想家严复》

严复是中国近代著名的启蒙思想家、翻译家和教育家。他长期从事教育和翻译事业，为近代中国人才培养和思想启蒙作出了重要贡献，同时他也为中国的翻译事业和中西思想文化交流做出了重要贡献。

《辛亥革命急先锋——资产阶级革命家黄兴》

黄兴，清末民初资产阶级革命家，中华民国开国元勋。黄兴在武昌首义及辛亥革命时期的爱国表现，与孙中山闻名于当时，常被时人以"孙黄"并称。本书以资产阶级革命活动实干家黄兴的成长过程为线索，歌颂了先辈伟大的爱国主义精神。

《矢志革命　百折不回——近代民主革命家廖仲恺》

廖仲恺追随孙中山踏上了创立民国与捍卫共和制的旧民主主义革命

睡乡敢遣警世钟
——用生命警策国人的陈天华

之路；在新民主主义革命时期，他为建立、巩固首次国共合作和实施三大政策，英勇奋斗，为国殉职，洒尽了一腔热血。

《将军拔剑南天起——护国英雄蔡锷》

蔡锷是中国近代史上的杰出军事家、爱国者。他的一生短暂而伟大。辛亥革命爆发，他毅然投身于革命洪流之中，领导云南重九起义，对武昌起义积极响应。袁世凯窃国复辟、恢复帝制的阴谋暴露出来以后，他又毅然举起了武装讨袁的旗帜。

《反帝反封建运动——五四青年的爱国故事》

五四运动是一次伟大的反帝反封建的爱国运动；是一个伟大的历史转折点；是中国人民的斗争从挫折走向胜利的一个关节点，它为中国的前进开辟了一条全新的道路，拉开了中国新民主主义革命的序幕。

《思想自由　兼容并包——著名教育家蔡元培》

蔡元培是中国近现代著名的民主革命家和教育家，一生经历风雨，却始终信守爱国和民主的政治理念，致力于废除封建主义的教育制度，奠定了我国新式教育制度的基础，为我国教育、文化、科学事业的发展做出了富有开创性的贡献。

《为国家争光　为民族争气——中国铁路之父詹天佑》

詹天佑是我国最早的杰出铁道工程师，因主持建造京张铁路而闻名中外，被誉为"中国铁路之父"。他为祖国的铁路事业贡献了毕生的精力。本书向读者展示了詹天佑热爱祖国、科技兴国的辉煌人生。

《实业救国　衣被天下——轻工之父张謇》

张謇是爱国实业家、教育家。他年轻时中过状元。过了40岁，开始投身工商实业活动中，他的名言是"富民强国之本在于工"。在南通，创办大生丝厂、银行等各种实业。并将创办实业的大部分所得投入教育。他的观点是，教育和实业一样，也是"富强之大本"。

《心向革命　追求光明——平民将军冯玉祥》

冯玉祥将军"是一位从旧军人转变而成的坚定的民主主义战士"。

抗日战争期间，他辗转各地，用实际行动积极抗战。日本战败投降后，他为了断绝美国的援蒋内战，又在美国四处演说，揭露蒋介石统治之黑暗，痛斥美国阴谋分裂中国的不良行为。

《刑场上的婚礼——革命烈士周文雍　陈铁军》

周文雍是广州起义的主要领导人之一。陈铁军出身于华侨商人家庭，却毅然投身革命洪流。1928年1月，两人接受派遣，回到广州假扮夫妻从事革命斗争，却不幸被捕。临刑前，两位烈士将敌人的枪声当作自己婚礼的礼炮，用生命和爱情谱写出一曲千古绝唱。

《星星之火　可以燎原——井冈山斗争的故事》

1927—1929年，毛泽东、朱德等老一辈革命家，在井冈山创建了农村革命根据地，进行了艰苦卓绝的斗争，建立了新型革命武装，点燃了工农武装革命之火，找到了农村包围城市最后夺取政权的中国革命的正确道路。

《新民学会的主要发起人——中国共产党早期革命家蔡和森》

蔡和森青年时期曾与毛泽东等人一起组织进步团体新民学会，参加五四运动，并在赴法国勤工俭学时研读大量马克思主义著作，回国后以满腔热忱投身革命事业，成为中国共产党早期重要的理论家和宣传家。

《威震黄浦江畔　高奏抗日壮歌——一·二八淞沪抗战》

面对日本侵略者的挑衅，十九路军在蒋光鼐、蔡廷锴的带领下，高举义旗，奋力一搏。一·二八淞沪抗战，是中国军人捍卫军人荣誉和祖国尊严所发出的吼声，谱写了一曲抗击日军侵略的英雄壮歌。

《将军恨不抗日死——慷慨就义的吉鸿昌》

在国难深重的20世纪30年代，吉鸿昌将军因拒绝执行国民党指示，坚决不打内战，被迫携眷出国"考察"。回国后，他加入中国共产党，组织了民众抗日同盟军，英勇打击日本侵略者，后于1934年11月被国民党反动派杀害。

《献身革命　甘于清贫——梅岭忠魂方志敏》

　　大革命失败后，方志敏凭着"两条半步枪"起家，身经百战，创建了赣东北革命根据地和红十军。本书真实记录了方志敏投身于革命、领导红军和敌人进行艰苦卓绝斗争的经历，歌颂了烈士贫贱不移、威武不屈、献身革命的高尚品质。

《奏响中华最强音——人民音乐家聂耳》

　　聂耳在他有限的生命中创作了数十首革命歌曲，在抗日救亡运动中，聂耳的这些歌曲产生了广泛深远的影响。他的音乐创作为中国无产阶级革命音乐的发展指明了方向，树立了榜样。

《横眉冷对千夫指——中国文化革命主将鲁迅》

　　鲁迅不但是伟大的文学家，而且是伟大的思想家和伟大的革命家。在那风雨如晦的黑暗年代里，他以笔为投枪，同一切帝国主义和反动派进行了顽强的战斗，为中国人民树立了一个不朽的丰碑。他是新文化战线上的一面光辉旗帜，是我们伟大民族的灵魂。

《铁流两万五千里——红军长征的故事》

　　红军长征是人类历史上的一次伟大的壮举。第五次反"围剿"失败后，中国工农红军的三大主力在极端艰难的条件下，突破国民党军队的围追堵截，进行了史无前例的战略大转移，总行程达两万五千里以上。途中发生了许多动人故事，至今令人难以忘怀。

《荣辱不移革命志——创建陕北红军的刘志丹》

　　刘志丹是杰出的无产阶级革命家、军事家，西北红军和西北革命根据地的主要创始人之一。他一生热爱人民，追求真理，英勇善战，百折不挠，艰苦奋斗，忠心赤胆，为创建红军和革命根据地、为中国人民的解放事业建立了不可磨灭的功勋。

《英名永存北平城——爱国将领佟麟阁　赵登禹》

　　1937年7月28日，日军向北平郊区发动进攻。第二十九军副军长佟麟阁奉命在南苑率部与日军苦战，腿部受伤，头部被敌机炸伤，壮烈殉国。第一三二师师长赵登禹指挥部队顽强抵抗日军，右臂中弹负伤，仍继续作战。后在转移途中遭日军截击而牺牲。

《八百壮士　四行仓库铸军魂——谢晋元和他的战友们》

八一三抗战，中国军人以血肉之躯揭开全面抗战的帷幕。这是一场血战，是中国军人不屈不挠的英雄诗篇，其中的八百壮士守四行，成为这首英雄颂歌中最动人、最凄美的音符。一曲四行保卫战，铸就了不屈的军魂。

《八女投江　气贯长虹——八位抗联女战士》

抗日战争时期，以冷云为首的东北抗日联军8名女战士，为捍卫民族尊严，面对凶残的日寇，镇定自若，宁死不屈，投江殉国，表现了中华民族同敌人血战到底的英雄气概。她们的光辉形象，激励着千千万万的后来人。

《艰苦抗战　威震敌胆——著名抗日英雄杨靖宇》

杨靖宇将军是我国著名的抗日民族英雄。曾先后担任磐石游击队政治委员、东北抗日联军第一军军长兼政委、抗日联军总司令等职。领导军民对日寇坚持了长达9个年头的艰苦卓绝的斗争，最终以身殉国。

《死也不当亡国奴——镜泊抗日英雄陈翰章》

陈翰章，从1932年8月投笔从戎，直到1940年12月8日为抗击日本侵略者，战死在镜泊湖畔。他在抗日疆场上奋战了九年，他那可歌可泣的英雄事迹将为人们永世传颂。

《名将殉国　气壮山河——抗日将军张自忠》

著名抗日将领、民族英雄张自忠，生于忧患的时代，抱有"宁为百夫长，胜作一书生"的志向，经历过失败与低谷，最终成就了慷慨人生。本书主要以人物活动为主，勾画出一个真正的"民族魂"鲜活的人生，会带给读者振奋的力量。

《宁死不辱战士名——狼牙山五壮士》

1941年日寇在河北易县"扫荡"。为掩护群众和主力部队撤退，五

位八路军战士毅然把敌人引上了狼牙山棋盘坨峰顶绝路。弹尽粮绝、无路可退，五位英雄纵身跳下了万丈悬崖，用生命和鲜血谱写出一曲惊天地泣鬼神的壮举。

《太行浩气传千古——抗日名将左权》

左权，中国工农红军和八路军高级指挥员，著名军事家。是八路军在抗日战场上牺牲的最高指挥员。名将阵亡，太行山为之垂首，全党为之悲痛。周恩来称他"足以为党之模范"，朱德赞誉他是"中国军事界不可多得的人才"。

《虎将兴关外　抗倭统雄师——抗联英雄赵尚志》

本书描写了久经考验的共产党员、东北抗联的创建者和主要领导人赵尚志，在艰苦卓绝的条件下，坚持抗战，威震敌胆，战功卓著，忍辱负重，忠贞不屈，为国捐躯的英雄故事，为青少年读者呈上一部爱国主义的佳作。

《黄埔之英　民族之雄——抗日名将戴安澜》

抗日名将戴安澜，先后参加保定、漕河、台儿庄、武汉、昆仑关等战役，作战英勇，屡建奇功；入缅作战，"扬威国外，藉伸正义"；守东瓜，复棠吉；殒身缅北，遗恨丛林，马革裹尸，成就了光辉的一生。

《爱国志士　民主先锋——新闻出版家邹韬奋》

本书讲述了邹韬奋献身新闻出版事业的奋斗历程，展现了一位新闻工作者坚定的革命信念和炽热的爱国主义精神，全心全意为人民服务、为读者服务的奉献精神，歌颂了他的高尚情操和优良品质。

《为抗战发出怒吼——人民音乐家冼星海》

人民音乐家冼星海，青年时期在巴黎求学，饱尝屈辱与磨难；学成后毅然回到多灾多难的祖国，用满腔热忱谱写激昂的音乐，鼓舞中华儿女的斗志；奔赴延安，谱写出不朽的名作《黄河大合唱》，发出中华民族抗日救亡的怒吼。

《全民皆兵　抗击日寇——抗日战争的故事》

中国人民进行的十四年抗战，是一百多年来中国人民反对外敌入侵第一次取得完全胜利的民族解放战争。这场战争是以国共两党合作为基础，有社会各界、各族人民、各民主党派、抗日团体、社会各阶层爱国人士和海外侨胞广泛参加的全民族抗战。

《捧着一颗心来　不带半根草去——人民教育家陶行知》

陶行知是我国现代教育史上伟大的人民教育家、教育思想家。他从青年起就立志献身教育事业，以"捧着一颗心来，不带半根草去"的赤子之心，为人民的教育事业鞠躬尽瘁。

《为民主与和平拍案而起——民主斗士闻一多》

闻一多早年与梁实秋等人发起成立清华文学社。赴美留学期间由对祖国的深深眷恋而创作著名的《七子之歌》。后在西南联大任教8年，积极投身于抗日运动和争取民主的斗争，发表了著名的《最后一次讲演》。

《铁窗难锁钢铁心——革命先烈王若飞》

王若飞是我党早期杰出的无产阶级革命家。在艰苦卓绝的斗争中，他出生入死，屡建奇功，以超人的睿智和胆略，在敌人的监狱中，同敌人展开了殊死的较量，为抗战的胜利和新中国的诞生做出了卓越的贡献。

《横扫千军　还我河山——抗联名将李兆麟》

李兆麟是东北抗日联军创建人之一，他率领抗日联军历尽千难万险与日本侵略者浴血奋战，在极其艰苦的条件下，保存了抗日联军的有生力量，为东北光复做出了重大贡献。

《锄头开出新天地——解放区大生产运动》

为了解决困难，渡过难关，党中央号召党政军民齐动手，开展大生产运动。中国共产党在其控制区域内发动的一场军队屯田和鼓励生产的群众运动，达到了自己动手丰衣足食，共度难关，既进行革命又进行生产自足的目的。

《生的伟大　死的光荣——女英雄刘胡兰》

刘胡兰，坚贞不屈的少年女英雄。生前对我国劳动人民的解放事业无限忠诚，在敌人威胁面前，大义凛然，毫无惧色，英勇牺牲，表现了共产党员的高贵品质。

《饿死不领美国救济粮——爱国知识分子的楷模朱自清》

朱自清作为爱国知识分子的典型，以锐利的笔锋直言痛斥反动政府的暴行，体现了他崇高的爱国情怀和不畏恶势力的精神品格。毛泽东曾给朱自清先生以高度评价："一身重病，宁可饿死，不领美国的'救济粮'"，"表现了我们民族的英雄气概"。

《为了新中国前进——舍身炸碉堡的董存瑞》

伟大的英雄，中国人民的儿子董存瑞，从儿童团长成长为一名光荣的解放军战士，在1948年解放隆化县城时，舍身炸碉堡，为新中国献出了自己年轻的生命。他的英雄形象永远留在人民心里。

《宁死不屈的共产党员——革命烈士江竹筠》

江竹筠，就是著名的江姐。1947年春，她负责《挺进报》工作，只几个月的时间，报纸就发行到1600多份，引起了敌人的极大恐慌。由于叛徒出卖，江姐不幸被捕，惨遭毒刑的残酷折磨，仍坚贞不屈。最后被特务秘密枪杀，年仅29岁。

《抗美援朝　保家卫国——志愿军的战斗故事》

抗美援朝战争是中国人民志愿军为援助朝鲜人民、保卫祖国安全，与美国为首的"联合国军"发生的战争。在朝鲜牺牲的志愿军烈士们，他们英勇的战斗事迹、保家卫国的精神值得我们发扬光大。

《上甘岭上壮烈歌——黄继光和他的战友们》

在1952年10月的上甘岭战役中，黄继光和他的战友们在零号阵地半山腰被敌机枪火力点压制，此时，黄继光身上已经多处负伤，手雷也已全部用光。为了完成任务，减少战友的伤亡，他用自己的胸膛堵住正在扫射的敌机枪射孔，为反击部队扫清了前进的道路。

《诗书印画　全入神品——国画大师齐白石》

齐白石出身贫寒，做过农活，当过木匠，后改学雕花木工，从民间画工入手，摹古人真迹，学诗文书法，融汇古今，而诗、书、印、画俱佳；他将中国画的精神与时代的精神统一得完美无瑕，使中国画得到国际的重视，无愧于"国画大师"的称号。

《毕生为文化而奋斗——中国第一出版家张元济》

张元济参与、主持和督导商务印书馆近六十年，使其从简单的印刷企业转变为当时中国教育出版的旗帜。张元济一生爱书，在中华大地动荡不安的年代里，他用自己对文化的热爱，续存着中华民族灿烂悠久的文明之光。

《独树一帜　梨园大师——著名京剧表演艺术家梅兰芳》

梅兰芳，京剧大师，演唱风格独树一帜，世称"梅派"。曾先后赴日本、美国、苏联演出，并荣获美国波摩那学院和南加州大学的荣誉文学博士学位。作为一位爱国者，抗战期间蓄须明志，拒绝为日本人演出，为后世称颂。

《华侨旗帜　民族光辉——爱国侨领陈嘉庚》

陈嘉庚是著名的爱国华侨领袖、企业家、教育家、慈善家、社会活动家。他为辛亥革命、民族教育、抗日战争、解放战争、新中国的建设做出了卓越的贡献。生前被毛泽东誉为"华侨旗帜、民族光辉"。

《向雷锋同志学习——伟大的共产主义战士雷锋》

雷锋，一个平凡而伟大的共产主义战士，一心向着党，一生秉承着全心全意为人民服务、无私奉献的崇高思想；发扬刻苦学习和钻研理论的"钉子"精神；坚持勤俭节约、艰苦奋斗的优良作风。毛泽东为其题词："向雷锋同志学习。"

《人民的好公仆——县委书记的好榜样焦裕禄》

焦裕禄，被誉为县委书记的好榜样。他用自己的革命精神，展开了与大自然、与社会落后现象、与病魔的多重抗争，让我们领略到一

个共产党人的生之伟大、死之壮美的人格品质和具有现实教育意义的精神魅力。

《文学巨匠　京味大师——人民作家老舍》

老舍是我国现代小说家、文学家、戏剧家。他用融入骨髓的真诚文字反映生活的喜怒哀乐。老舍的一生，总是在忘我地工作，他是文艺界当之无愧的"劳动模范"，生前被北京市人民政府授予"人民艺术家"的称号。

《革命老人——无产阶级教育家徐特立》

徐特立是一代伟人毛泽东的老师。他出生在贫苦家庭，大部分时间生活在动荡艰苦的年代；他刻苦勤奋，不畏艰辛，追求光明，一生勤俭，为革命培养了大量的人才；他对党和人民任劳任怨，鞠躬尽瘁。他坎坷奋斗的一生，留下了许多可歌可泣的故事。

《人生能有几回搏——新中国第一个世界冠军容国团》

容国团先后担任中国乒乓球队运动员、女队主教练。获得1959年男子单打世界冠军；1961年夺得男子团体世界冠军；作为中国女队主教练，1965年率女队第一次夺得女子团体世界冠军。他的"人生能有几回搏"的豪言，举国传诵。

《石油工人一声吼　地球也要抖三抖——铁人王进喜》

王进喜，新中国第一批石油钻探工人。他为祖国石油工业的发展和社会主义建设立下了不朽的功勋，在创造了巨大物质财富的同时，还给我们留下了宝贵的精神财富——铁人精神。他被评为"百年中国十大人物"，写入中华民族的光辉史册。

《做人民需要我做的事——著名地质学家李四光》

李四光是一位伟大的科学家，他一生从事地质学研究工作，足迹遍布祖国的山川，为祖国探明了许多地下宝藏；他创建了崭新的学说——地质力学；他历尽重重困难，为正确认识地质构造开辟了一条新路。

《中国化学工业的先驱——著名化学家侯德榜》

为摆脱纯碱需要进口的窘况，20世纪初，怀着"实业救国"梦想的中国化工先驱侯德榜等人创办了永利碱厂，并立志生产出中国人自己的碱。1926年，永利碱厂终于成功地生产出"红三角"牌纯碱，从此中国制碱业得以跨入世界先进行列。

《毕生求是　一丝不苟——著名科学家竺可桢》

著名科学家竺可桢献身科学研究；治学严谨，一丝不苟；一生廉洁，两袖清风；作风民主，爱护学生。他以爱国之心、报国之志，从一个民主主义者逐渐成长为一个共产主义战士。

《热爱自然的大地之子——著名植物学家蔡希陶》

蔡希陶，五十载风雨，五十载坎坷，五十载奋斗，五十载开拓，为了发现对人类生产、生活有用的植物及新物种的引进而做出巨大贡献，在中国的植物资源学史上将永远镌刻着他的名字。

《高洁无私的襟怀——知识分子的楷模蒋筑英》

蒋筑英是中国当代知识分子的先锋典范，他不为名，不为利，尊重科学；他以坚忍的毅力和顽强的作风，在科学的道路上呕心沥血，鞠躬尽瘁，无私地奉献了青春和生命。

《迎接新生命的天使——卓越的妇产科专家林巧稚》

林巧稚是国内外享有盛誉的妇产科专家。在五十多年的医学教育和临床实践中，林巧稚亲自接生了五万多婴儿，治愈了数千病人，培养了数以百计的专门人才，为我国的妇女儿童事业做出了不可磨灭的贡献。

《独自成千古　悠然寄一丘——国画大师张大千》

张大千是20世纪中国画坛最具传奇色彩的国画大师，无论是绘画、书法、篆刻、诗词无所不通。在艺术界深得敬仰和追捧，艺术家们用真挚的感情，用绘画和雕塑展现了"张大千"多彩的艺术形象。

《建造中国的通天塔——著名数学家华罗庚》

中国当代著名数学家华罗庚，为中国数学的发展做出了无与伦比的贡献，他是中国解析数论、典型群、矩阵几何等多方面研究的创始人与开拓者，也是我国最早将数学理论研究与生产实践紧密结合的科学家。

《问鼎长天　强我国威——两弹元勋邓稼先》

邓稼先是我国著名科学家，参加组织和领导我国核武器的研究、设计工作，从对原子弹、氢弹原理的突破和试验成功及其武器化，到新的核武器的重大原理突破和研制试验，作出了重大贡献。是我国核武器理论研究工作的奠基者之一，被誉为"两弹元勋"。

《敢叫天堑变通途——桥梁专家茅以升》

中国著名的桥梁专家茅以升从小立志为祖国建造桥梁，经过不懈努力，他不仅设计建造了一座座宏伟壮观、坚固实用的道路桥梁，而且搭建了一座座友谊之桥，为祖国建设作出了卓越贡献。

《蘑菇云之梦——核物理学家钱三强》

被誉为"中国原子弹之父"的核物理学家钱三强，更名后立志于科技报国；24岁投师于世界著名核物理学家居里夫妇；与夫人何泽慧合作，发现铀的"三分裂""四分裂"现象；统领我国的原子大军，做了大量创造性工作。

《两离桑梓地　满怀雪域情——领导干部的楷模孔繁森》

孔繁森，是一位一尘不染、两袖清风的好干部。两次进藏工作，历时十载，为西藏的建设、发展和稳定作出了突出的贡献。1994年11月，孔繁森不幸以身殉职。人民群众称他为新时期领导干部的楷模。

《摘取数学皇冠上的明珠——著名数学家陈景润》

陈景润是享誉世界的数学家，为了证明"哥德巴赫猜想"，他以惊人的毅力在数学领域里艰苦跋涉，终于攻克了世界著名数学难题"哥德巴赫猜想"中的"1＋2"，创造了中国乃至世界数学史上的辉煌。

《学术独步　饮誉四海——享有国际威望的科学家卢嘉锡》

　　卢嘉锡是一位在国际科学界享有崇高威望的物理化学家、化学教育家和科技组织领导者。1945年，卢嘉锡满怀"科学救国"的热忱回到祖国，对中国原子簇化学的发展起了重要推动作用，他所指导的新技术晶体材料科学研究，也取得了重大成绩。

《德艺双馨　梨园楷模——著名豫剧表演艺术家常香玉》

　　常香玉1941年赴陕甘演出。1948年在西安创办香玉剧社。1951年为支援抗美援朝，率剧社巡回西北、中南、华南各地演出，以演出收入捐献"香玉剧社号"战斗机一架，素有"爱国艺人"之誉。

《文学大师　激流勇进——著名作家巴金》

　　本书以巴金生平和主要事迹为线索，回顾和展示现代著名作家巴金的一生，以期让人们看到巴金在这风云变幻的100多年中，有过成功的欢欣，有过屈辱的磨难，有过痛苦的忏悔，有过平静的安宁。巴金的人生，映照着一代中国五四知识分子坎坷而不平凡的命运。

《壮心系科学　孜孜为国昌——理论化学家唐敖庆》

　　本书讲述了唐敖庆从出国求学、学业有成、回国任教，到服从安排、艰苦工作、刻苦钻研，最终成为中国量子化学奠基者的过程。让人们看到了这位著名化学家的赤心爱国、严谨治学、大公无私的崇高品格和科研上的卓越成就。

《中国导弹之父——著名科学家钱学森》

　　当第一颗原子弹升空的时候，当中国的人造卫星奏响《东方红》的时候，当中国运载火箭腾空而起的时候，当中国研制的导弹准确命中目标的时候，人们都会想起他的名字：中国导弹之父钱学森。

《中国近代力学的奠基人——著名科学家钱伟长》

　　钱伟长曾以中文和历史两个100分的成绩考入清华大学。九一八事变后，钱伟长毅然放弃了文科的学习而转为理科。他是中国近代力学、应用数学的奠基人之一，在固体力学、流体力学以及航空航天领域，取

得了卓越的成就，为新中国的现代化建设付出了毕生的精力。

《中国光学科学的奠基人——著名科学家王大珩》

　　王大珩是我国著名的科学家，中国光学科学的奠基人。他先在清华就读，后赴英国求学，学业有成，立志科学救国，其成就享誉神州。他以科学的求是精神和赤诚的爱国情怀，探索着中国光学发展的闪光之路。